소설

신화 속으로

서매 지음

좋은땅

목 차

강원도, 삼척 신기, 겨울, 새벽

신발을 신고 현관문 앞에서 긴 한숨을 쉬었다.

히메로스가 말했다.

“일단은 문을 살짝 열고 바깥 상황을 살피는 게 좋겠어.”

나는 고개를 끄덕였다. 겨울의 점령군들이 오늘은 유난히 활개를 치니까. 살짝 문을 열었다. 좁은 틈 사이로 보레아스의 칼과 창이 날아들어 내 볼을 베고, 이마에 꽂혔다. 히메로스의 날개에도 칼자국이 났다. 나는 급히 문을 닫았다. 북풍의 신 보레아스가 특히 신이 나 보였다.

나는 목도리를 좀 더 조여 매고, 코트 깃을 높였다. 하이힐을 벗고 운동화를 신었다. 심호흡을 한 번 더 한 뒤, 눈을 질끈 감고 밖으로 뛰쳐나왔다. 실눈을 뜨고 마당을 지나 대문을 열었다. 삐걱거리는 소리가 나지 않게, 다른 식구들이 잠을 깨지 않게 조심스럽게 대문을 닫고 신기 기차역으로 향했다.

골목길의 바람은 더 매서웠다. 화살이 날아와 내 등에 꼽혔고 살을 후볐다. 히메로스도 날개를 접어 온몸을 감쌌다. 온 세상이 떨리고 시렸지만, 잰걸음으로 기차역을 향해 걸었다.

새벽의 여신 에오스가 내 머리 위를 날았다. 밤의 여신 닉스를 깨웠다. 이제는 자신의 시간이니 물러나라고 엄포를 놓았다. 잠시 나와 눈이 마주친 모르페우스가 갑자기 눈을 크게 뜨며 말을 걸었다.

"너에게 가려던 참인데, 벌써 일어난 거야?"

"일찍 왔어야지."

꿈의 신 모르페우스. 사람들이 잠든 머릿속에 들어와 꿈을 꾸게 만든다. 내게도 찾아와 그의 모습을 한 채 대화를 나눈 적이 많았다. 속는 줄 알면서도 나는 모르페우스에게 부탁했었다. 좀 더 자주 내게 그의 모습으로 와 달라고. 그의 모습을 보여 달라고.

"내가 그렇게 다녀가면, 너는 항상 우니까."

"울더라도, 보고 싶으니까."

보레아스의 폭력을 뚫고 기차역에 도착했다. 예약한 승차권을 받아 들고, 대기실에 앉았다. 히메로스도 내 옆에 앉아 날개에 묻은 추위를 털어냈다. 아직은 시간이 좀 남았고 온풍기에선 따뜻한 바람이 나왔다. 유리창문 너머에선 보레아스가 억울하다는 듯이 내게 주먹을 쥐어 보였다. 나는 보레아스를 못 본 듯이, 땅을 보며 장갑을 벗고 온풍기에 손을 가져다 댔다. 보레아스는 거칠게 하늘로 날아올랐다.

잠시 후 안내 방송이 나왔다.

"공 일곱 시 사십칠 분 청량리, 청량리행 열차가 출발할 예정이니 탑승해 주십시오."

나는 다시 한번 승차권을 확인하고 기차에 올랐다. 여행용 가방을 올려놓고, 창가에 기댔다. 에우테르페가 기차 창밖에서 나를 발견했다. 잠시 고개를 갸웃거렸다. 내 옆에 있는 히메로스를 보았다. 나라고 확신하더니 말을 걸었다.

"수형이 너 서울 가는 거야?"

나는 고개를 끄덕였다.

"6년 만이네. 방학에 서울 가는 모습. 괜찮겠니? 견딜 수 있겠어?"

나는 초등학교 교사다. 어제 방학을 했고, 6년 만에 서울에 가는 길이다. 서울에 있는 이모 집으로 여행을 떠나는 거다.

"용기 냈구나. 부디 잘 견디며 돌아오길 바라."

에우테르페의 눈이 붉어졌다. 서정시의 여신, 감수성이 풍부한지. 나만 보면 늘 눈가가 촉촉해졌다. 나만 슬프면 되는데, 나를 보는 젖은 눈이 보기 싫었다. 나는 기차 창에 커튼을 쳤다. 에우테르페는 눈물을 닦더니 자매들이 있는 곳으로 돌아갔다. 하긴 나의 이런 인생이 한심해 보일 수도 있겠다. 그렇게 생각하니 마음이 좀 풀렸다. 커튼을 살짝 열어 에우테르페의 뒷모습을 보았다. 에우테르페가 고개를 돌려 내게 웃어 주었다. 음악의 여신, 뮤즈 자매, 그중 에우테르페만이 내 마음을 알아주었다.

기차가 차가운 쇳소리를 내며 문을 닫았다. 천천히 움직이더니 이내 기차역을 빠져나왔다. 어둠 속 사람들의 집엔 불빛이 보였다. 나는 핸드폰 전원을 끄고 눈을 감았다.

깍두기

서울에 있는 이모는 내 엄마에겐 언니다. 어찌 된 일인지 결혼을 하고도 아이가 없었다. 그래서인지 이모와 이모부는 우리 자매들을 아꼈다. 내겐 언니 두 명과 남동생 한 명이 있다. 나는 셋째고, 어찌 보면 깍두기 같은 존재였다. 부모님은 아들을 원했고 셋째인 나까지 딸만 생겼다. 그리고 내 뒤로 드디어 아들. 가끔 생각한다. 둘째 선희 언니가 딸이 아니고 아들이라면 나는 세상에 태어나지 않았을 테지. 가난한 집에 아이를 더 낳았을 리가 없었을 테지. 있으니까 있는, 없어도 아쉽지 않은 나는 깍두기의 삶이라 생각했다.

이모는 방학 때가 되면 엄마에게 전화했고, 직접 삼척 신기로 와서 우리 자매를 서울로 데려갔다. 내가 초등학교에 들어가자 아빠는 나만 서울에 보냈다. 그 후로 주로 내가 서울 이모 집에서 딸 노릇을 했다.

가끔은 언니들이 모두 이모 집에 와 있을 때도 있었다. 그럴 때면 우리 세 자매의 난리 통에 이모 집도 마치 신기의 우리 집 같았다. 시끄럽고 활력이 돌았다. 가난해도 우리는 활력이 있었다. 아마 이모와 이모부는 이런 어수선함을 좋아했을 거다. 그래서 이모는 내가 서울에 있을 때도, 언니 둘을 며칠만이라도 올려 보내라고 얘기했었고, 엄마와 아빠는 마지못해 그렇게 했었다. 하지만 끝까지 아들은 보내지 않았다.

초등학교 2학년을 마치고, 3학년에 올라가는 겨울방학. 유난히 찬란했던 그 겨울방학에도 나는 혼자 이모를 따라 서울 이모 집에 갔었다. 나는 깍두기니까. 그리고 그곳에 나의 그가 있었다. 전에는 보지 못했는데. 이모와 친한 지인의 아들이라고 했는데, 그때 그는 중학생이었다.

서울 이모 집에서 처음 그를 봤을 때, 낯설다고 느꼈다. 하지만 그 낯섦이 마음에 들었다. 새로운 사람이라는 신선함이 있었다. 그가 잠시 이모 집에 들른 거로 생각했다. 지나가는 인연이라 생각하니 실망이었다. 하지만 그가 이모 집에서 살 거라고, 이모의 아들처럼 계속 살 거라고 했을 때, 나는 좋았다. 그냥 좋아서 어쩔 줄 몰랐다. 그가 어떤 사연으로 이모 집에서 살게 됐는지, 그때 나는 자세히 듣지 못했다.

그가 나의 이모를, 역시 이모라고 불렀다. 나는 마음이 좋지 않았다. 마음 한구석에 돌덩이가 놓인 것처럼 그가 이모라고 부르는 소리가 듣기 싫었다. 그러다 어느 날, 친이모, 친조카가 아니란 걸 알았고, 그날 나는 기뻤다. 마음의 돌덩이가 사라졌고, 내 마음은 열렸다. 실성한 사람이 그저 허허 웃듯이 그날 혼자서 마냥 웃었고, 기뻐서 행복했다.

초등학교 3학년이 되는 나이에도 나는 이미 영악했었나 보다. 나는 작은 아이라서 얻을 수 있는 이익은 모두 얻으려 했다. 내가 그의 다리에 걸

터앉고, 그의 등에 업혀 다니고, 그의 손바닥에 얼굴을 얹어도, 그건 그저 작은 아이의 놀이일 뿐이었다. 어른들의 눈에는 그랬을 거다. 나는 내 진심을 어린 나이 속에 숨길 수 있었다. 내 마음을 온전히 드러내도, 부끄럽지 않던 그 나이로, 그 영악했던 시절로 다시 돌아가고 싶다.

처음 그와 이모 집에서 저녁밥을 먹던 날이었다. 2층 방 안에 혼자 있다 이모가 부르는 소리에 내려왔었다. 계단에서 내려오는데 그는 이미 식탁에 앉아 있었다. 나는 늘 주방이 보이는 쪽에 앉았는데, 그날 나는 반대편 그의 옆에 가서 앉았다. 의자를 그의 옆에 바짝 붙이고 그의 옆에 앉았다. 내 팔이 그의 팔에 닿을 수 있게.

의자에 앉자 그가 나를 보았다. 나는 아무 말도 안 했다. 시선을 앞으로 고정하자 현관문과 그의 방이 보였다. 오른팔을 살짝 밀어 그의 왼팔에 닿았다. 그는 굳이 내 팔을 피하지 않았다.

"왜들 나란히 앉아 있어? 마주 보고 앉아 있지."

이모가 맞은편에 와서 앉았다.

나는 무언가를 감추려 힘차게 말했다.

"밥 먹을 땐, 현관문이 보여야지. 이모부 오시면 내가 가서 문 열어 드리게."

이모가 그의 표정을 살폈다.

"우리 아들 웃네. 네가 서울 와서 처음으로 웃는 것 같다. 이모도 기분이 좋아지네."

나는 고개를 옆으로 돌리고 그의 얼굴을 보았다.

잘 웃게 생겼는데, 지금도 잘 웃고 있는데. 왜 이런 말을 하는 걸까?

밥 먹을 때 오른손을 쓰니 그와 닿은 팔이 떨어졌다.

“내 이름은 기억하는 거지?”

내가 그에게 물었다.

그날 오후, 내가 이모 집에 도착했을 때 우리는 서로 인사를 했었다. 3시간쯤 더 지나서, 저녁 식사 자리에서 나는 내 존재를 확인하고 싶었다.

“당연하지.”

그리고 그는 내 이름을 환하게 불렀다.

“홍수형.”

그날 저녁 모두가 잠자리에 들었을 때, 나는 혼자 1층 주방으로 내려왔다. 젓가락을 들었다. 한참 젓가락질 연습을 했다. 젓가락을 떨어뜨렸다. 젓가락 떨어지는 소리에 안방 문이 열렸고, 이모가 거실로 나왔다. 젓가락을 들고 있는 나.

“수형이 배고프니?”

“아니.”

이모가 나를 물끄러미 쳐다봤다.

“젓가락을 왜 왼손에 들고 있니?”

“왼손을 많이 쓰면 머리가 좋아진대서.”

며칠 후, 나는 그의 방에서 그를 끌어냈다. 그의 방에서 한참 실랑이한 후였다. 그는 너무 귀찮다는 듯이 내 뒤를 따라 거실로 나왔다. 내가 소파를 가리키자 그가 소파에 앉았다. 이모가 그를 보더니, 고개를 갸우뚱하곤 안방으로 들어갔다.

"그러니까 뭘 사서 온 거냐고?"

"아무것도 아니야."

"누구 줄 건데?"

"그냥 내가 쓸 거야."

"오빠도 내가 깍두기라고 무시하는 거야?"

갑자기 눈물이 핑글 돌았다. 그도 나의 눈을 봤다. 귀찮다는 표정을 감추고 정색을 했다. 두 손으로 내 어깨를 잡았다.

"네가 왜 깍두기야?"

그의 말은 부드러웠다. 나는 내 어깨를 잡은 그의 팔을 치우고, 2층 방으로 뛰어 올라갔다. 한참을 실랑이했는데 그는 결국 내게 주머니에 있는 물건을 보여 주지 않았다. 힘으로 뺏으려 했지만 내 힘은 그의 반도 되지 않았다. 못 뺏은 것도 서러운데 하필 그때 아빠가 생각났다. 몰래 주머니에 감춰 온 물건을 남동생한테만 주던 아빠. 나한테 들키지나 말지. 그래서 2층 방에 올라와 쭈그리고 앉았다.

잠시 후, 그가 날 따라 방으로 들어왔다. 나는 앉은 채로 그의 얼굴을 올려 보며 말했다.

"노크는 안 하냐?"

민망한 표정이었다.

"우리 사이에?"

"비밀 많은 사이잖아."

그는 내 옆에 같이 쭈그리고 앉았다. 주머니에 있던 작은 상자를 내게 주었다.

"원래는 저녁 먹을 때 주려고 했는데. 그냥 지금 줄게."

"괜히 내가 화나서 주는 거 아니야?"

그는 화제를 돌렸다.

"그런데 깍두기라는 거 무슨 말이야?"

나는 그에게 내 얘기를 했다. 태어나지 않을 수도 있었던 존재. 있으니까 있는 존재. 차별받는 존재.

"그래도 너희 아버지가 널 삼키지는 않았잖아. 멀쩡히 잘 자라고 있잖아."

"딸을 삼키는 아버지도 있어?"

어린 시절 그에게 질문을 자주 했었다. 나는 물었고, 그는 대답했다. 그의 대답엔 항상 신(神)들이 있었다. 신비한 신들의 이야기. 나는 그가 들려주는 신비한 이야기에 끌렸다. 그는 나의 손을 잡고 신화 속으로 이끌었고 나는 그가 이끄는 대로 신들의 세계로 들어왔다.

"크로노스라고, 제우스의 아버지인데. 자기 자식들을 좋아하지 않았어."

라고 시작했던 자식 삼키는 아버지에 관한 이야기는 이렇다.

크로노스는 시간의 신이다. 하늘의 제왕이며, 세계를 다스리는 신들의 제왕이었다.

크로노스는 아내 레아가 임신하면, 그때부터 레아를 주시했다. 언제 아이를 낳을지 지켜보고, 늘 엄숙하게 말했다.

"아이를 낳으면, 보자기에 싸서 내게 데려오시오."

레아는 크로노스에게 저항 한번 하지 못했다. 무력한 자신을 원망했다. 매번 갓 낳은 아이를 보자기에 싸며 아이의 이름을 지었다. 아이의 이름은 자신의 심장에 새겼다.

보자기에 싸인 아이를 크로노스는 그대로 삼켰다. 태어나서 하늘 한번 보지 못한 채, 아이들은 아버지 크로노스의 배 속으로 들어갔다.

신탁, 예언이 있었다.

"크로노스의 왕좌는 크로노스의 자식에게 뺏길 것이다."

왕의 자리는 그렇게도 내려놓기 싫은 자리인가 보다. 크로노스는 그 자리를 계속 지키기 위해서, 자신의 아이들을 삼켰다. 레아는 아이 다섯을 모두 잃었다.

여섯 번째 아이를 가졌을 때, 레아는 다짐했다. 이번 아이만큼은 꼭 지키겠다고, 자신의 심장에 더는 이름을 새길 자리가 없다고. 레아는 임신한 사실을 알자 자신의 어머니 가이아를 찾았다. 기뻐해야 할 일에 레아는 근심 가득한 얼굴로 가이아를 만났다.

"적당한 크기의 돌을 찾아서, 그 돌을 보자기에 싸거라. 크로노스가 술에 취한 날을 골라, 아이라며 건네면 널 믿고 삼킬 거다. 지금까지 속이지 않았으니, 이번에도 널 믿고 갓 낳은 아이라 생각하고 삼킬 거다. 태어난 아이는 크레타섬에 보내라. 그곳에서 유모가 잘 키워 줄 거다."

레아는 여섯 번째 아이에게 제우스라고 이름을 지었다. 그리고선 아이 대신 돌을 보자기에 쌌다. 마침 크로노스가 집으로 들어왔다. 취기가 도는 듯한 얼굴. 레아는 신들의 음료 넥타르와 보자기를 들고 크로노스를 맞았다. 긴장한 탓에 손이 떨렸지만 견디려 노력했다. 크로노스가 잠시 자신의 얼굴을 살필 때는 심장과 함께 자신의 온몸이 터질 것 같았다. 이내 남편은 보자기를 열어 보지 않고 삼켰다. 넥타르를 마신 크로노스는 곧 잠이 들었다.

레아는 믿을 만한 전령을 시켜 제우스를 크레타섬으로 보냈다.

님프 아말테이아는 가이아의 명을 받고 제우스를 키웠다. 자신이 암염소로 변해 젖을 먹이고, 산에 올라가 꿀벌의 꿀을 따서 제우스에게 먹였다. 혹시나 아이 울음소리가 천상에 닿을까 봐, 창과 방패를 두들겼다. 소음을 만들어 아기 제우스의 울음소리가 천상에 들리는 것을 막았다. 아말테이아는 제우스를 주로 나뭇가지 위에 묶어서 키웠다. 크로노스가 하늘, 땅, 바다 어디에서도 제우스를 찾지 못하게 꼭꼭 숨긴 것이다. 레아가 제우스를 낳은 엄마라면 아말테이아는 제우스를 키운 엄마다.

얘기를 듣는 동안, 나는 내 눈이 반짝이는 걸 느꼈다. 놀라웠다. 세상에 이런 이야기가 있다니.

시선을 그가 준 작은 상자로 옮겼다. 열었더니 길고 가느다란 포크가 나왔다.

“이 포크는 왜?”

“네가 젓가락질을 못 하길래. 안 되면 억지로 하지 말고, 포크로 편안히 밥 먹으라고.”

“나 오른손으로 하면 되게 잘해.”

“그런데 왜 왼손으로 해?”

“왼손을 자주 써야 머리가 좋아진대서.”

그날 저녁, 나는 오른손으로 밥을 먹었다. 어색해 보이지 않으려고. 대신 오른발을 밀어 그의 왼 발등을 덮었다. 그는 애써 피하지 않았다. 내 오른손은 젓가락 대신 포크를 들었다. 길고 가느다란 포크.

새로운 세상

나는 이모에게 물었다.

"오빠가 날 귀찮다고 생각하지 않을까? 표정만 보면 날 싫어하는 것도 같고."

"네가 그런 걸 신경 쓰는 아이니? 큰 건가? 철이 들었나?"

이모는 이리저리 내 얼굴을 살폈다.

"저 녀석, 널 싫어하지 않아. 귀찮아하지도 않고, 귀찮아서 너무 좋다는 표정이잖아. 정말로 귀찮았다면 며칠 전에 등록한 독서실에 가 있겠지. 지금도 자기 방에서 널 기다리고 있을걸."

그의 방을 보았다. 문이 살짝 열려 있었다. 이모의 말에 난 자신감이 생겼다. 처음엔 문을 두드리려 했지만, 노크하지 않는 사이여서 나머지 문을 벌컥 열고 들어갔다. 귀찮다는 표정이었다.

"귀찮다는 표정 하지 마. 귀찮으면 독서실에 가든가."

그는 며칠 전처럼, 내 이름을 처음 불러 주던 그날처럼, 환하게 내 이름을 불렀다. 이모의 말처럼, 날 기다린 사람처럼.

"어제 얘기 말이야. 그게 끝이야? 제우스는 안전하게 자랐는데, 그다음 얘기도 있을 거 아니야."

그는 의자에서 내려와 방석 위에 앉았다. 다른 방석 하나를 자기 앞에 두더니 내게 앉으라고 했다.

"제우스는 커가면서 질문들이 생겨났어. 너처럼. 자신에 관한 질문, 세상에 관한 질문. 자신도 깍두기인가 하는 질문 같은 거 말이야."

라고 시작했던 새로운 세상에 관한 이야기는 이렇다.

제우스는 질문이 많아졌다. 유모였던 님프 아말테이아의 고민도 늘었다. 제우스는 잘 성장했으나, 세상에 대한 궁금증이 너무 많았다. 그렇다고 제우스를 세상 바깥으로 풀어놓을 순 없었다. 제우스가 세상으로 나가면 크로노스가 제우스를 찾아 삼킬 것은 뻔했고, 그건 지금까지 자신의 노력을 물거품으로 만드는 셈이었다. 하지만 해결책을 찾는 건 자신의 영역이 아니라고 생각했다.

당시, 신과 인간 중에서 가장 지혜로웠던 여신 메티스를 초대했다. 메티스에게 처음으로 제우스를 공개했다. 메티스라면 제우스의 비밀을 지켜 줄 것이라 믿었다. 제우스는 메티스에게 많은 질문을 했다. 메티스는 신과 인간의 역사에 대해 말해 주었다.

태초에 모든 것이 엉켜서, 하나로 존재했다. 혼돈의 상태, 카오스. 시간이 지나며 무거운 것은 내려앉아 땅이 되고, 가벼운 것은 하늘이 되었다.

원래부터 하나였던 것이 분리되자 혼란스러웠고, 감정이 생겨났다. 분리되어 떨어져 나간 것에 대한 연민이 생겼다. 땅은 하늘에 대한 그리움이, 하늘은 땅에 대한 사랑이 생겨났다.

하늘은 우라노스가 되었고, 땅은 가이아가 되었다. 그 둘이 분리될 때 생겨난 그리움과 사랑이 다시 둘을 맺어 부부가 되었고, 그들의 자손인 티탄 신족이 태어났다. 크로노스는 자신의 아버지 우라노스의 팔을 잘라 제거한 후, 왕좌에 앉았으며. 잘린 팔을 바다에 버렸다. 바다에선 거품이 일고 거품 속에서 미의 여신 아프로디테가 태어났다. 아프로디테가 육지로 다가오자 그리움과 사랑이 아프로디테를 맞았다. 사랑은 에로스고, 그리움은 히메로스다. 에로스와 히메로스는 쌍둥이 신이고 아프로디테를 어머니처럼 모셨다. 그리고 신과 인간이 하늘과 땅에서 번성했다.

신과 인간의 역사는 배웠지만, 제우스가 세상 밖에서 당당히 살아갈 방법을 배운 것은 아니었다. 유모 아말테이아는 애가 타서 메티스에게 해결책을 달라고 했다.

메티스가 낸 해결책은 간단했다. 제우스가 크로노스와 맞서 싸우는 것.

제우스도 의외로 용감했다. 자신의 아버지 크로노스도 할아버지 우라노스를 제거하고 왕좌에 앉았으니, 자신이 한 번 더 세상을 바꾼다고 해서 이상할 건 전혀 없다고 생각했다. 메티스는 구체적인 계획까지 제시했다.

크로노스의 배 속엔 제우스의 형제 다섯이 더 있다. 그들은 비록 먹혔다고는 하나 신이고, 불사이다. 죽지 않았으므로 약만 잘 쓴다면 토해 내게 해서 제우스의 우군으로 만들 수 있다. 그리고 그 우군들과 함께 크로노스의 왕좌를 찬탈하는 것. 크로노스를 향한 신탁마저 자식에게 왕좌를 빼앗기는 것이므로, 상황은 제우스에게 매우 유리해 보였다.

레아도 계획을 들었다. 남편을 쳐내는 계획, 놀라고 침울했지만 삼켜진 자식들에 대한 연민으로 메티스의 계획에 찬성했다.

메티스는 구토제 제조를 위해 연구를 시작했다. 제우스는 또 다른 우군이 없는지 세상을 살폈다.

태고의 신, 우라노스와 가이아가 탄생할 때, 함께 탄생했던 태고의 신이 있었다. 에로스와 히메로스. 이 쌍둥이에게 연락했다. 쌍둥이와 함께 있던 미의 여신 아프로디테도 연락을 받았다.

이들은 제우스와 함께하기로 했다. 티탄 신족이 지배하는 세계에 이들은 편히 머물 곳이 없었고, 제우스는 협력의 대가로 올림포스 신족으로 편입해 줄 것을 약속했다.

그리고 티탄 신족의 자식들이 있었다. 이들 중에도 제우스와 뜻을 함께 하여 새로운 세상을 만들려는 신들도 있었다. 특히 프로메테우스는 새로운 세상에서 새로운 것을 하고 싶은 꿈이 있었다. 제우스는 프로메테우스를 책사로 영입했다. 프로메테우스의 꿈을 인정하기로 했다. 앞을 내다보는 자 프로메테우스. 이보다 더 훌륭한 책사가 있을까? 제우스는 나름 마음이 든든해졌다.

메티스가 구토제를 다 만들자 이들은 혁명을 실행했다. 레아가 구토제 한 방울을 크로노스가 마시는 넥타르에 섞었다.

크로노스는 아무런 의심도 없이 레아가 건네준 넥타르를 마셨다. 곧 속이 부글거린다는 느낌을 받았을 때, 아내인 레아를 쳐다보았지만 이미 늦었다.

정신이 혼미하다고 느꼈을 때, 눈앞에 한 녀석이 나타났다. 한 눈에도 자기 아들이라는 걸 알 수 있었다, 자신의 이름은 제우스라고 외쳤다. 레아를 쳐다보았다. 뭔가 불안해하는 몸동작에서 그동안 무슨 일이 있었는지 알 수 있었다. 제우스의 옆에는 이아페토스의 아들 프로메테우스가 서 있었다. 그것도 당당히.

무슨 말이라도 해야 했는데, 말을 하면 배 속의 내장들이 모두 튀어나올 것만 같아 말을 할 수 없었다. 솟아오르는 분노로 이마엔 핏줄이 섰다. 한마디 욕이라도 내뱉으려는 순간, 입에서 커다란 돌 하나가 튀어나왔다. 레아가 제우스라 속이고 먹인 돌이었다. 잠시 정신을 차리려 했지만, 틈도 주지 않고 이번엔 다 자란 아이들이 한 명씩 입에서 튀어나왔다. 지금까지 레아에게 받아 삼킨 자신의 자식들이었다. 그 아이들이 구토와 함께 쏟아져 나왔다. 지난 세월을 배 속에서 자란 듯이 아이들은 모두 성장하여 튀어나왔다. 게다가 미리 짜기라도 한 듯이 제우스 편에 서서 자신과 싸우기 시작했다.

제우스를 위시한 올림포스 신족과 크로노스의 전쟁은 10년을 끌었다. 이 티탄 전쟁, 티타노마키아가 마무리된 후 크로노스는 무한감옥에 갇혔다. 제우스는 자신을 대신해 희생했던 돌을 세상의 배꼽, 옴파로스라 칭하고 세상 가장 높은 산에 올려놓고 자신의 승리를 세상에 알렸다.

이제 제우스에게 남은 건 이전 티탄 신족의 세계에서 새로운 세계로, 나아가는 것이었다. 신과 인간을 위한 새로운 세계.

"새로운 세상을 만드는 것. 프로메테우스가 제우스보다 더 바라던 꿈이었어."

그가 알려 준 새로운 세상엔 프로메테우스가 있었다.

그날 나는 처음 신을 보았다. 2층 방에서 자려고 혼자 누웠을 때, 푸른빛을 띤 제우스가 보였다.

"너도 나와, 같구나. 아버지에게 미움받는 존재."

"글쎄. 딱히 미움까지는 아니고, 차별 정도."

"너도 나처럼 아버지와 전쟁을 벌이는 건 어떻겠니? 나 제우스가 널 도와줄게. 아버지를 창고 같은 곳에 가두는 거야."

나는 고민하고 고민했다. 전쟁? 그건 제우스의 방법이지 내 방법은 아닌 것 같았다. 그냥 이대로 깍두기의 삶에 만족하기로 했다. 깍두기라서 나만 혼자 서울 이모 집에 왔고, 나만 그를 만났으니까. 깍두기도 때에 따라 좋은 점이 있었다. 하지만 남동생, 그 녀석은 전쟁이라도 해서 창고 같은 곳에 가두고 싶었다.

생각해 보면, 그는 내게 덧칠을 했다. 그가 알려 준 이야기는 모두 조금씩 겹치며 연결되어 점점 더 부풀어 올랐다. 이야기는 자꾸만 커졌고, 이야기가 커질수록 나는 그의 이야기에서 빠져나올 수 없었다.

그날 이후 신들이 보였다. 푸른빛의 신들이.

큰 날개를 가진 히메로스는 항상 내 곁에 머물러 주었다. 마치 수호신처럼.

내가 신들의 세상에 들어선 것이었다. 내가 그의 손을 잡고, 그가 이끄는 대로 그의 세상으로 들어온 것이었다. 새로운 세상으로.

기차 안에서 살짝 눈을 떴다. 기차는 산속을 달리고 있었다. 커튼을 열자 겨울의 어둠은 아직도 땅 위에서 떠나지 않았다. 동쪽 하늘에선 희미하게 햇살이 비치는 듯했다. 기차 안에는 10명 정도 승객이 있었다. 내 옆자리에서 히메로스가 졸고 있었다. 통로 건너편 자리로 운명의 여신 클로토가 다가와 앉았다. 여전히 실을 잔뜩 들고 내 운명을 뜨개질하고 있었다.

"이번엔, 네가 원하는 대로 짜 주마."

"고마워. 그렇게 해 주면, 그대로 따를게."

졸고 있던 히메로스가 눈을 떴다. 나와 클로토의 대화를 들었는지, 내게 몸을 돌려 날 흔들었다. 고개를 세차게 저었다. 그리움의 여신답게 나를 보는 눈이 크고 맑았다. 나는 히메로스를 위로하며 말했다.

"괜찮아. 내가 너무나 원하는 거야."

히메로스는 다시 방향을 틀어 클로토를 보았다. 팔을 뻗어 클로토를 흔들었다. 역시 아무 말 없이 고개를 세차게 저었다. 클로토는 귀찮다는 표정을 지었다.

클로토는 운명의 여신, 모이라이 세 자매 중 첫째다. 운명을 담당하기에 하늘의 왕 제우스도 이들한텐 어찌하지 못했다. 이 세 자매는 모두 늑스의 딸이다. 아직 어둠이 남아 있으니 클로토는 내 옆에 앉아 내 운명을 짜고 있었다. 내가 원하는 운명. 그 운명이 정해진다면 나는 더 클로토가 보고 싶지 않을 거다. 지난 운명은 내게 너무 가혹했었다. 어서 해가 떠서 닉스가 딸을 데리고 올림포스로 돌아가기를.

질투

한참 눈을 감고 있었다. 히메로스가 나를 흔들었다. 감은 눈을 떴을 때, 눈물이 말라서 굳어 있었다. 커튼을 열어젖혔다. 아폴론이 태양 마차를 끌었다. 동쪽 하늘에서 제법 많이 올라와 있었다.

태양이 좀 더 떠오르며 기차는 청량리역에 도착했다. 나는 지하철을 타고 이모 집으로 향했다. 지하철 안에서 핸드폰의 전원을 켰다. 부재중 전화가 여러 통 와 있었다. 이모에게 전화했다.

"네 엄마가 새벽부터 전화해서 네 걱정만 하더라. 방은 깨끗이 치워 놨으니까 얼른 와. 점심밥은 집에 와서 먹고."

이모 집에 도착하자 대문이 열려 있었다. 아마 이모가 미리 열어 두었던 거겠지. 다른 집들은 모두 재개발이 돼서 아파트나 빌라가 들어섰는데, 유독 이모 집 부근만 예전 그대로인 집들이 많았다. 사람 키 높이의 담이 있고, 철제 대문이 있고, 아주 좁은 마당이 있는 이층집. 대추나무가 몇 그루 심겨 있고, 마당엔 다섯 개짜리 계단이 있고 계단에 올라서면 현관문이 있는 구조. 이모부가 고집이 있어서 그냥 그대로 계속 유지하며 사는 거였다. 가끔 보수도 하면서.

나는 현관문을 열었다. 이모부는 안 계시고 이모가 분주히 음식을 만들고 있었다.

"네가 왔으니, 이제 이 집도 사람 사는 냄새가 나겠네. 너희 자매 중에 방학이라고 여기 올 수 있는 아이는 너밖에 없잖아. 사실은 이 이모가 다 키워 놓은 건데. 다른 아이들은 전화도 자주 하지 않고. 하긴 이 집에서 가장 오래 지낸 아이는 수형이 너잖니. 아직도 2층 네 방은 네 물건으로 가득하다. 어떻게 서울로 전근 올 방법은 없는 거니? 그럼 내가 우리 수형이 잘 보살펴 줄 수 있는데. 네 엄마도 그렇다. 자기 딸인데 딸 심정도 헤아리지 못하고 나한테 전화해서는 '우리 수형이 잘 부탁한다'이런 소리나 하고 말이다. 이모가 엄마한테 전화해서 네가 이리로 온다고 했으니까 지금은 아마 안심하고 있을 거다."

이모는 일부러 말을 많이 했다. 6년이 지났지만, 여전히 내 마음을 아는 거다. 서울에서는 쓸쓸하지 말라고 일부러 말을 많이 그리고 빠르게 하는 거다. 나는 이모를 와락 안고 울기 시작했다. 내가 누군가를 안고 서럽게 펑펑 울 수 있다면, 그건 이모뿐이었다.

이모는 말을 멈추고 한동안 내가 울 수 있도록 내버려 두었다. 울고 싶을 땐, 울어야 한다. 한참을 소리 내어 울었다. 이모가 내 등을 두드려 주었다.

"그래, 내 새끼. 시원하게 울었어?"

나는 고개를 끄덕이며 눈물을 닦았다.

"자 이제 밥부터 먹고 다시 울자."

이모는 나를 일으켜 식탁으로 끌었고, 내가 늘 앉던 의자에 앉혔다. 그 의자에 앉으면 정면으로 그의 방이 보였다. 문이 약간 열려 있었다. 식탁엔 이미 내가 좋아하는 음식들이 차려져 있었다. 나는 젓가락질하며 무심한 척 물었다.

"오빠 방 열려 있네."

6년 만에 내 입에서 그의 이야기가 나왔다. 이모는 짐짓 놀라더니 대답했다.

"네가 서울에 와 있으면 그 녀석, 늘 방문을 조금씩 열어 놓고 지냈잖아. 잘 때만 문을 닫았지. 네가 온다기에 내가 방문을 좀 열어 놨다. 그게 너한테 더 익숙할 것 같아서. 내가 괜한 짓을 한 거니?"

"내가 신기에 있으면 오빠는 문을 꼭 닫고 지냈어?"

"네가 없을 땐, 해 뜨기도 전에 나가서 학교나 독서실에 있다가 밤늦게 들어와 잠만 자고 다시 나갔다. 내가 너한테 자주 눈치를 줬잖니. 네가 불안해하니까. 불안해하지 말라고. 그 녀석 늘 표정 없이 지내다가 너만 오면 웃으며 지낸다고, 너 때문에 웃는 거라고, 내가 너한테 몇 번이나 말했잖니. 네가 서울에 있으니까 그 녀석 온종일 집에 붙어 있으면서 친구고 뭐고 당최 나가질 않고 너랑만 놀았던 거라고, 너 때문에 집에만 있었던 거라고."

"방학이니까 집에 있었던 거고, 방학이니까 스트레스가 없어서 그냥 웃었던 건 아닐까? 이모는 오빠의 마음을 어떻게 그렇게 확신할 수 있어?"

"나는 그 오빠를 좋아하지 않았으니까. 너처럼 연모하지 않았으니까. 그러면 제대로 볼 수 있는 거야. 나이가 들면 말이다. 작은 사람들이 하는 행동을 보면 그 마음도 볼 수 있어. 왜냐하면, 우리도 그 나이를 겪어 온 사람들이거든. 너희 젊은것들은 모르는 삶의 경험이 있거든."

"내 마음도 그렇게 쉽게 보였어?"

"너만 모르고 다 알았을걸. 넌 특히나 투명했으니까. 언니들한테도 물어봐. 다들 알면서 모른 척한 거니까. 너는 불안해했고, 저 녀석은 그런 널 언제나 안심시키려 노력했잖아. 그게 늘 반복됐고 너희 둘은 그런 식으로 서로를 아꼈었는데." 이모의 눈에도 눈물이 맺혔다.

가진 게 없으면 자신감이 사라진다.

처음엔 나를 원망하고

조금 뒤엔 남을 탓한다.

나보다 나은 남을 본 시선에 시기심이 자라고

내 마음속에선 질투가 피어난다.

남을 탓하는 게 더 편하니까.

질투는 그 편안함의 열매고 대가(代價)이다.

내가 중학생이 되고 처음 맞는 여름방학 때였다. 그는 대학교 신입생이었다. 교사가 꿈이라더니 역시나 사범대에 입학했다. 지금 내가 앉은 식탁 의자에서 그의 방이 보였다. 항상 문이 조금 열려 있었는데 나는 늘 노크도 없이 그 방을 드나들었다. 그래야 좀 더 내 것 같았으니까.

그는 간혹 초록색 노트를 꺼내 뭔가를 적기도 했고, 지우기도 하고 다시 적기도 했다. 문틈으로 보기에도 공부하는 것 같지는 않았고 아마 일기 같은 것으로 생각했으나 낮에도 그 초록색 노트에 뭔가를 적기도 했으니 확실히 일기는 아니었다.

그의 책상 위엔 책꽂이가 빼곡했는데 그 노트는 책상 위 책꽂이에 두지 않았다. 책상 서랍 맨 아래 칸에 넣어 두었다. 무언가 비밀스러운 걸 적는 건 분명했지만, 비밀스러운 장소에 보관하는 건 아니었다. 그 서랍엔 자물쇠도 없고 그냥 열면 열리는 그런 서랍이었다.

하긴 그의 방엔 나 외엔 아무도 들어가지 않았다. 자기 방은 자기가 깨끗이 청소하는 편이어서, 이모도 거의 들어가지 않았고 이모부도, 또, 간혹 서울에 오는 언니들도 그의 방엔 들어가지 않았다. 나는 그의 방에서 뒹굴기도 했고, 그가 방에서 무언가를 할 땐, 나도 그의 방에서 책을 보거나 그가 무얼 하는지 지켜보곤 했다. 내가 그의 방에 없을 때만 그는 초록색 노트에 무언가를 적곤 했다. 그리고 책상 위 책꽂이가 아닌 가장 아래쪽 서랍에 보관했다. 그곳에 무엇이 적혀 있을까? 호기심이 들었다. 궁금해서 보기로 했다.

그가 잠시 집을 비웠을 때, 그의 방에 들어갔다. 갑자기 심장이 뛰었다. 꼭 봐야 할 게 아니라면 굳이 보지 말까? 판도라의 상자가 떠올랐다. 괜히 열어 봐서 내가 알게 될 것들이 나를 불행하게 만들지는 않을까? 그의 방 안에 있던 모든 물건이 내 심장 소리에 맞춰 함께 뛰었다. 떨리는 내 손이 보였다. 그 손이 심장처럼 뛰는 서랍을 열었다. 초록색 노트는 작은 갈색 가방에 눌려 있었다.

서랍을 다시 닫을까 생각했다. 혹시라도 그가 들어온다면 내가 그의 노트를 훔쳐보는 게 들킨다면 그가 나를 미워할 것 같아 두려웠다. 내 멱살을 잡고 흔들다 나를 벽으로 밀친다면 견딜 수 없을 것 같았다. 몸이 느끼는 아픔보다 마음의 고통이 평생을 갈 것 같았다. 서랍을 반쯤 닫다 다시 열었다. 호기심을 이길 수 없었다. 비밀이 있다면 자기가 좀 더 보관을 잘 했어야지. 나는 갈색 가방을 제치고 초록색 노트를 꺼냈다. 마른침을 삼키고 흔들리는 손이 가는 대로 아무 페이지나 열었다.

동굴 속에 있었다.
축축한 어둠
손을 뻗어 더듬어도
알 수 없는 앞과 뒤
오래된 절망 속으로
그 사람이 들어왔다.
손에 든 작은 불빛 하나
나를 비추는 그 사람의 눈빛
그 사람이 그립다.
내가 사는 우주를
좁게 만드는 사람.

여기까지만 읽었다. 더 읽을 수가 없었다. 그가 돌아오는 발소리가 들리는 것 같고, 떨리는 손에 덜컹거리는 심장 소리, 글이 눈에 들어오지 않았다. 나는 서둘러 노트를 접었다. 다시 원래 자리로 가져다 놓고 서랍을 닫았다. 조심스럽게 방문을 나와 소파 의자에 앉았다.

소파에 앉아 있으려니 속이 쓰렸다. 쇠갈고리 하나가 온통 내 속을 할퀴는 것 같아 견딜 수 없었다. 식탁으로 가 엎드렸다. 엎드린 자세가 내 억울한 마음을 추스르기에 가장 적당한 자세였다. 떨리던 내 팔뚝을 베개 삼아 눈을 가렸다. 벼랑에 매달려 폭풍을 맞는 기분이었다.

어떤 여자일까? 아니 어떤 년일까? 내 것인데, 내가 먼저 봤는데, 내가 서울에 없는 동안 다른 사람이 내 보물을 보았다. 같은 대학교 학생이겠지. 그에게 위로가 됐었나 보다. 같은 나이대라 위로하기도 쉬웠겠지. 나는 어려서 위로 같은 건 못하는데, 나는 그의 쓸쓸한 가족사를 대충만 알고 있었는데, 이모에게 물어봐서 확실히 알고 있을 걸 그랬다. 그래서 나도 위로해 줬어야 했는데, 나는 가지지 못해서. 그와 비슷한 나이를 가지지 못해서 서러웠다.

대학생이 되더니 이 자식한테 여자친구가 생긴 거다. 방학이라 학교에 가지 않으니 여자친구가 보고 싶은 거다. 어쩌면 지금 밖에서 여자친구를 만나고 있는 지도. 미칠 것 같았다. 어디서 야구방망이 같은 걸 찾아서 나 자신을 세차게 때리고 싶었다. 몸이 아프면 마음이 덜 아플 것 같았다.

잠시 후에 그가 돌아왔다. 다행이었다. 들키지 않아서, 밖에서 누굴 만나고 올 정도의 시간이 지난 게 아니라서. 차라리 날 함께 데려가지. 그랬으면 노트를 보지 않았을 거고, 내가 이렇게 힘들지도 않았을 텐데.

그는 신발을 벗으며 밝은 얼굴로 나를 보았다. 나는 무표정한 얼굴로 그를 쳐다봐 주었다.

그가 신발을 다 벗고 거실로 올라올 때, 나는 2층으로 올라갔다. 방에 들어가 문을 닫았다. 언니들이 없어서 방 안은 적막했다. 막상 방 안에 들어오긴 했지만 할 수 있는 게 없었다. 나의 달라진 태도에 그가 놀라서 올라오진 않을까? 방문에 귀를 대어 보았다. 그의 발소리는 거실에서만 옮겨 다녔고, 2층으로 올라오진 않았다. 잡념들에 사로잡혔다. 직접 내려가서 물어보고 싶었다. 언제, 왜 여자친구가 생겼냐고. 하지만 노트를 본 게 들통나는 건 문제였다. 그럼 나는 그에게 여동생도 못 된다. 그저 버르장머리 없고 예의 없는 작은 미치광이로 여길까 봐 물어볼 용기 같은 건 내지 못했다. 방으로 날 찾아오지 않는 그의 행동도 내 마음을 긁었다.

잠시 웅크리고 누워 있었다. 웅크리는 건 엎드려 있는 것만큼이나 마음을 다스리기에 좋은 자세였다.

"수형아."

아래에서 이모가 불렀다. 나는 문을 열고 대답했다.

"왜?"

저녁 식사 시간이 된 건지 찌개 냄새가 났다. 나는 끌려가듯이 아래층으로 내려가 식탁에 앉았다. 늘 내가 앉던 자리가 아니고 언니들이 오면 앉던 자리에 앉았다. 내가 얼마나 기분이 나쁜지 그가 알게 하려고. 내가 앉던 그의 옆자리를 덩그러니 비워 놓았다.

이모가 큰 소리로 말했다.

"오늘 이모부는 늦게 오신다니까 우리끼리 밥 먹자."

이모의 말소리를 듣고 그가 방에서 나오더니 자기 자리에 앉았다.

"수형이 오늘 기분이 별로니? 아까 나가기 전만 해도 괜찮았었는데. 지금은 친절한 수형이가 아니네."

농담할 기분이 아닌데, 그냥 농담처럼 살짝만 물어볼까? 혹시 여자친구가 생겼는지만 물어볼까? 그 정도는 물어볼 수 있는 거 아닐까? 하지만 묻지 않았다. 판도라의 상자를 열어 내가 알게 된 것이 지금 나를 얼마나 비참하게 하는데, 그의 입에서 혹시 여자친구가 생겼다. 같은 대학교 학생이다. 이런 말이 나온다면 내가 듣고 견딜 수 있는 말은 아니라고 생각했다. 그리고 두려웠다. 어쩌면 확실하지 않은 상태가 더 나을 것 같았다. 작은 희망은 있으니까. 물론 그가 그건 그냥 단순히 끄적인 시다. 여자친구가 없다. 자신은 나밖에 없다. 이렇게 말을 해 주면 더 좋겠지만 어떤 말이 나올지 예측할 수 없었다. 불길한 예감 때문에 그의 입이라는 판도라의 상자는 열지 않기로 했다.

"난 원래 친절하지 않아. 친절해도 소용이 없더라고."

이모가 옆에 와서 앉았다. 계란찜을 내 밥 위에 올려 주었다.

"수형이 네가 옆에 와서 앉으니까 이모가 불편하네."

"그냥 언니가 왔다고 생각해. 늘 이 자리에 앉잖아."

나는 퉁명스러웠고 그의 말대로 친절하지 않았다.

나는 서둘러 밥을 먹었다. 미각이 없었다. 맛을 느끼지 못했다. 내 인생 처음으로 먹어도 먹는 게 아니라는 느낌을 받았다. 내가 밥을 먹는 동안 그는 한마디 말도 하지 않았다. 그냥 내 기분이 돌아오기를 묵묵히 기다리는 것 같았다. 하지만 나는 그것마저 마음에 들지 않았다. 밥을 먹는 둥 하고 자리에서 일어났다.

"나는 방에 들어가 있을게."

그가 들으라고 이모에게 얘기했다. 천천히 발걸음을 옮겼다. 그가 불러 주길 바라며, 한 번만 더 물어봐 주길 바랐다. 왜 오늘 기분이 이상하냐고, 그 한마디만 해 주면 그에게 여자친구가 있든 없든 상관없을 것 같았다. 나를 신경 써 주는 거니까. 있으면 어떤가. 내가 다시 앗으면 되지. 원래 내 것이었으니까. 내가 먼저 봤으니까. 그는 나를 부르지 않았다. 처참한 마음에 방 안에 올라와서 다시 웅크렸다.

내 마음은 갈피를 잡지 못했다. 흔들리는 나뭇잎처럼. 다시 내려가 밥 먹는 그의 등에 업혀볼까? 아무 일 없었듯이 웃으면서 그의 손을 잡아 볼까? 아니다. 내가 혼자 쓸쓸히 2층으로 올라올 때 아무 말도 없던 사람. 그는 그냥 그런 사람이다. 나 혼자 애태우며 바라볼 사람은 아닌 거다. 속이 후련하다. 저런 쓸데없는 사람, 어느 여자가 집어 갔는지 그 여자가 안 됐다. 나는 자신을 위로했다. 하지만 곧 공허함이 내려와 내 방을 넓혔다. 방은 한없이 넓어졌고, 넓은 방 안에 나는 혼자 웅크리고 여름 추위에 떨었다.

이모부가 들어오는 소리가 났다. 나는 내려가 인사를 했다. 그도 거실에 나와 인사를 했다. 우리는 마주쳤지만 서로 말이 없었다. 나는 다시 2

층으로 올라와 울었다. 크게 울어볼까 생각했다. 울음소리에 그가 내게 와 달래 줄지도. 하지만 소리 죽여 울었다. 남의 남자가 된 그 사람이 내게 와 달랜들 무슨 소용이랴. 나는 슬픈 소설의 주인공이라도 된 것처럼 숨죽여 울었다. 울고 나면 속이 개운해지는 걸 그에게 배웠었다.

잘 시간이 됐는지 거실에 불 끄는 소리가 들렸다. 하지만 잠이 오지 않았다. 계속 뒤척였다. 나는 마음속으로 수십 번 그를 미워하고 용서하고, 수백 번 아래층에 내려가 그를 잡고 물었다. 웃으며 물어보고, 울며 물어보고, 화를 내며 물어봤다. 하지만 마음만이고 내 몸은 우주보다 넓어져버린 방 안에서 웅크리고 있었다.

방 안의 불을 끄고 창문을 통해 바깥세상을 보았다. 어쩌면 태어나지 않을 수도 있었던 나. 나는 세상에 속하지 않은 사람처럼 느껴졌다. 이제는 나에게 관심 없는 사람을 마음에 담았었다고 생각하니 눈물이 흘러 또 울었다. 한참을 울었지만, 시간은 더디게 흘렀다. 내일 아침이 되면 그에게 마지막 질문을 하고 이모에게 떼를 써 신기로 갈 생각이었다. 하지만 마음이 급했다. 얼른 물어보고 얼른 신기로 가고 싶었다. 계단을 반쯤 내려가 몸을 굽혀 그의 방을 보았다. 자는 건지 방문이 닫혀 있었다. 아직 자기 전이라면 지금이라도 물어보고 싶은데. 하긴 저 자식, 내 마음은 상관없이 혼자서 쿨쿨 잘만 처자고 있을 것 같았다. 나는 냉장고 문을 열어 치즈 한 장을 꺼내 입에 물었다.

방으로 다시 돌아왔다. 주저앉았다. 신들이 하나둘 내 주위에 둘러앉았다. 다들 심각한 표정으로 나를 걱정해 주었다. 우리는 머리를 맞댔다. 뭔가 작당 모의라도 하려는 듯이 날 위해 모여 주었다.

질투의 여신 젤로스가 먼저 입을 열었다.

"저 자식이 수형이한테 이럴 순 없지. 내가 가서 푹 쑤셔 버릴까?"

상상하니 통쾌했다. 하지만 짧은 통쾌함 뒤에 따라올 영원할 절망은 어찌 감당할 건가, 나는 손사래를 치며 말했다.

"아니야. 그건 아닌 거 같아."

헤라가 내 말에 동의하며 나섰다.

"수형이 말이 맞아. 이건 저 녀석의 문제가 아니야. 임자 있는 사람을 쳐다본 그 여자가 잘못이지. 내가 내 방식대로 그 여자를 해결하고 올게."

"잔인하지 않은 방법으로 부탁해!"

내 마음속에도 악마는 있었다. 헤라가 씩 웃으며 출정하려 할 때 아르테미스가 막고 나섰다. 달의 여신이며 사냥의 여신, 처녀들의 수호신이다.

"여자를 해치는 건 안 돼. 그 여자는 수형이의 존재를 모르잖아. 저 자식이 수형이의 존재를 여자에게 얘기했을 리가 없어. 다른 방법을 찾아보자."

하지만 별 뾰족한 수가 없었다. 나를 괴롭히는 건 두 사람인데, 두 사람 모두를 해할 수 없다니.

모두 아테나를 쳐다보았다. 지혜의 여신. 이럴 때 좋은 묘수 하나 내주길 바랐다.

"간단하지. 저 녀석을 돼지로 만들어 버리는 거야. 그 어떤 여자도 좋아하지 않도록 그럼 수형이만의 사람이 될 수 있잖아."

모두의 시선이 내 얼굴로 쏠렸다. 그래도 괜찮겠냐고 묻듯이. 나는 비장한 표정으로 입을 굳게 다물고 기꺼이 고개를 끄떡였다. 죽음의 여신 페르세포네가 측은한 얼굴로 내게 다가와 안아 주었다. 차가운 지하 세계의 여왕. 그 여왕의 품이 따스하다고 생각했다.

갑자기 눈이 떠졌다. 잠이 들었었나 보다. 신들은 모두 돌아가고 없었다. 창밖으로 얕은 햇볕이 보였다. 아침의 향기. 여름의 태양은 일찍 떠올랐다. 시계를 보니 아직 6시가 되지 않았다. 날이 바뀌어선지 내 심장은 어제보다 차분해졌다. 하지만 신기로 돌아가고 싶다는 생각은 변하지 않았다. 아래층 거실로 내려갔다.

내가 늘 앉던 식탁 자리에 가 앉았다. 그의 방문이 보이는 자리. 그의 방문이 열리길 기다렸다. 아마도 내가 내려오는 소리를 들었을 것이다. 일부러 쿵쾅거리며 내려왔으니까 그는 비교적 일찍 일어나는 사람이니까.

역시나 그의 방문이 열렸고 그가 나왔다. 그가 늘 앉던 자리, 내 옆자리로 와 앉았다. 거의 동시에 안방에서 이모도 나왔다. 이모가 주방을 힐끗거리더니 현관문 쪽으로 나갔다.

"요 앞 가게에서 두부 한 모 사 올게."

이모가 나가고 나서야 나는 그의 얼굴을 제대로 볼 수 있었다. 나는 몸을 틀어서 역시나 무표정한 얼굴로 감정 없는 눈길을 그의 얼굴에 박았다. 물을 것만 묻고 신기로 돌아갈 생각이었다. 적어도 물어볼 자격 정도는 있다고 생각했다. 그런데 어제보다 그의 얼굴이 수척해 보였다. 보기 좋지 않았다. 잠을 자지 못한 사람처럼. 밤사이 뒤척인 사람처럼.

"수형이 눈이 많이 부었네. 빨갛다."

그러고 보니 눈이 뻑뻑하고 따끔거렸다. 어제 많이 울었는데, 운 걸 들켰나? 들킨 게 분해서 나는 그를 '너'라고 칭하며 화를 냈다.

"그러는 너는 왜 얼굴이 엉망이냐? 네 눈도 빨개. 왜? 잠을 못 잤냐? (그 여자가 그리워서?)"

어차피 나는 신기로 떠날 거고, 마지막으로, 한 번쯤은 대들어도 될 것 같았다. 하지만 마지막 말은 하지 못하고 삼켰다.

그는 내 손을 잡고, 내 손바닥을 펴며 말했다.

"어제는 네 손에 있는 불빛이 보이지 않더라. 네 눈빛이 나를 비추지 않아서. 어둠은 너무 축축하고. 잠을 잘 수 없었어."

나는 그를 안았다. 나만 괴로웠던 게 아니구나, 이 사람도 힘들었구나. 내 오해 때문에. 나는 위로랍시고 그를 안았다.

신기엔 천천히 가는 거다. 나는 방학이 길고 더 길기를 소원했다. 그가 그리웠던 사람이 나라는 걸 확인할 수 있어 행복했다.

"어떻게 알았어?"

"네 흔적이 남아 있었어. 서툰 도둑질은 그 페이지에 증거를 남기니까."

"도둑질한 내가 싫지 않아? 벽에다 냅다 던지고 싶지 않아?"

"벽에 묻은 네 피를 누가 닦겠니? 난 청소하고 싶지 않아."

나는 그를 더욱 꼭 안았다. 그의 코를 위로 올려 돼지코를 만들었다.

"돼지야. 저팔계나 되어라."

이모가 돌아왔다. 우리 둘의 모습을 보았다.

"수형이 너 또 아침부터 오빠를 괴롭히고 있구나. 어제 하루 얌전히 지낸다 했더니 이틀을 못 가는구나. 중학생이 됐는데도 가시나가 바뀌질 않네."

나는 그의 귀에 조용히 읊조렸다.

"자기는 뭐 가시나 아닌가?"

그는 손으로 내 입을 막았다.

사랑함에 확인이 필요했다. 그것도 간절히. 흔들리는 건 나뭇잎이 아니니까. 내 마음이니까. 내겐 서툰 첫사랑이었으니까.

"헤라는 제우스의 아내이고 누이이기도 해."

라며 시작했던 그의 질투에 관한 이야기는 이렇다.

제우스의 첫 번째 아내 메티스는 제우스가 삼켜 버렸다. 임신한 아내를 삼키곤 곧 두 번째 아내 헤라와 결혼했다. 헤라는 제우스의 두 번째 아내이자 제우스의 누이이기도 하다. 태어난 순서대로 하자면 헤라는 제우스의 누나였으나 자라난 순서대로 하면 헤라는 제우스의 여동생이 된다. 헤라는 태어나자마자 아버지 크로노스에게 삼켜져 배 속에서 성장이 멈췄으며, 뒤에 태어난 제우스가 구해 준 다음 성장이 시작되어 헤라는 제우스의 누나이면서 누이동생이고 동시에 아내이기도 하다.

헤라는 제우스와 결혼한 후 제우스만 지키려 했다. 다른 어떤 여인도 제우스와 친하게 지내는 걸 눈뜨고 보지 못했다. 질투의 화신 헤라는 그렇게 집착의 여신이 되었지만, 가정의 수호신이기도 하다.

헤라가 처음 질투심을 가진 건 제우스가 두통을 시작했던 때부터였다.

어느 날 제우스가 밖에서 돌아와선 아내인 헤라를 찾았다. 너무나 고통스러운 표정으로 다가와 헤라에게 고통을 호소했다. 헤라는 제우스를 눕히고 정성스레 남편인 제우스를 돌보았다. 머리에 가벼운 안마를 해 주기도 하고, 넥타르에 꿀을 타서 먹이기도 했다. 하지만 제우스의 두통은 가시지 않았다. 여러 요정을 시켜 두통에 좋다는 약초를 캐와 다려 먹였지만, 차도는 전혀 없었다.

가이아에게 가서 물어도 뚜렷한 해답을 찾지 못했다. 이대로 남편 제우스를 잃을 것만 같아서 조바심이 났다. 제우스가 갑자기 발작을 일으켰다.

"너무나 아파서 머리가 깨질 것 같아. 차라리 머리를 깨는 게 낫겠어. 머릿속에서 뭔가가 자꾸 움직이는 것 같아. 머리를 깨고 꺼내야겠어."

어차피 신이라 죽지는 않을 것이다. 말도 안 되는 방법이지만 한 번쯤 해 볼 만도 했다.

헤라는 아들 헤파이스토스를 찾았다. 대장장이, 기술, 불의 신답게 헤파이스토스는 아버지 제우스의 머리를 가를 수술 도구를 가져왔다. 헤파이스토스는 어릴 적 엄마의 사랑을 받지 못했다. 사랑 결핍. 그래서 헤파이스토스는 엄마인 헤라의 말이라면 무조건 따랐다. 엄마의 사랑을 받고 싶어서.

여러 도구 중에 헤파이스토스는 도끼를 골라 제우스의 머리를 내리쳤다. 헤파이스토스도 이 방법이 말이 안 된다고 생각했지만, 엄마인 헤라의 말을 그대로 따랐다.

그런데 웬걸 제우스의 머리가 갈라지면서 그 속에서 작은 여자아이가 뛰쳐나왔다. 갑옷과 창을 들고 완전 무장을 한 채 태어났다. 헤파이스토스는 어이없다는 듯이 그 아이를 바라봤다. 완전 무장을 하고 태어난 아이라니. 헤라 역시 이게 무슨 일인지 놀라고 있었다. 아이였는데, 조금씩 자라더니 금세 성인이 되었다. 마치 크로노스의 입에서 튀어나온 헤라와 그의 형제들이 크로노스 입 밖에서 금세 자라 성인이 되었듯이. 방금 태어난 완전히 무장한 조그마한 여자아이는 금세 성인이 되었다.

정신을 잃었던 제우스가 입을 열었다. 메티스의 아이다. 자신이 삼켜버렸던 메티스의 배 속에 있던 아이가 제우스의 머리로 올라가 머리를 깨고 태어난 것이다.

제우스는 방금 태어나 성인이 된 여신에게 아테나라는 이름을 지어 주고 부엉이 한 마리를 선물로 주었다. 아테나는 전쟁의 여신이고 지혜의 여신이며 아름다웠다.

헤라는 속에서 열불이 났다. 질투의 시작이었다. 기껏 지아비라고 살려놨더니 다른 여신의 아이를 낳았다. 도무지 자신의 상식으로 이해하기 힘들었다. 남자가 다른 여자의 아이를 낳는 게 가당키나 한가 말이다. 게다가 아테나는 아름다웠다. 자신이 낳은 제우스의 아이들은 모두 볼품없는데, 어딘가 모자랐는데, 왜 다른 여신이 낳은 제우스의 자식들은 모두 아름답고 건강하기만 한지.

처음에 헤라는 자신을 탓했다. 자신의 어떤 모자람이 이런 결과를 낳은 건지 반성하고 알고 싶었다. 일단 자신의 외모 탓은 아니었다. 올림포스의 아름다운 세 여신을 꼽으라 하면 모두 아프로디테와 아테나 그리고 헤라 자신을 꼽을 정도였으니 외모 문제는 아니었다.

헤파이스토스를 낳던 날이 떠올랐다. 꽤 기대했었다. 제우스의 다른 자식들처럼 자신도 늠름한 아들이나 어여쁜 딸을 낳을 것이라 기대했었다. 하지만 산파가 올려 준 아이를 보자 기겁했었다. 너무나 못생긴 아이였다. 실망이 너무도 컸다. 하지만 애써 모성애를 가지려 했고 아이를 안아주었다. 하지만 괴물 같은 생김새를 보자 너무나 징그럽게 느껴져 아이를 냅다 던져 버렸다. 아이는 벽에 튕겨 내동댕이쳐졌다. 인간의 아이라면 즉사했을 텐데. 신의 아이라 죽지는 않고 절름발이가 되었다.

헤파이스토스는 절름발이 신이다. 헤파이스토스는 엄마의 사랑이 그리워 헤라의 말이라면 무조건 따랐다.

헤라는 자신이 가지지 못한 것을 탓했다. 자신은 뛰어난 자식을 낳을 수 없다는 생각에 비참했고 자신감이 떨어졌다. 이런 자신이 제우스에게 버려질 거라는 불안감도 있었다. 그렇다면 가진 자들을 제거하자. 제우스와 만나는 모든 여인이나 여신들을 제거해서 제우스를 나만의 남자로 만들어야겠다. 헤라는 다짐하고 또 다짐했다.

나만의 사람

다음 날, 그는 방 안에서 벽에 기대어 앉아 있었다. 다리를 쭉 뻗고 있었다. 나도 그의 옆에 가서 함께 앉았다. 같은 자세로 앉아 그의 팔을 잡았다. 내 머리 바로 위에 그의 머리가 있었고, 나의 발끝은 그의 복숭아뼈보다 조금 더 위에 있었다. 둘이 키 차이가 조금 난다고 생각했을 때, 거실에서 이모가 혼잣말하는 소리가 들렸다.

"왜 이렇게 많이 부족하지? 사 놓고 한 번도 안 뜯었는데."

그는 무슨 일인가 싶어 살짝 열어 놓은 방문으로 이모를 살폈다. 이내 옆에 있던 나를 보더니 내 머리카락에 손가락을 끼워 넣고 살짝 흔들었다. 곧이어 이모가 날 부르는 소리가 났다.

나는 잡고 있던 그의 팔을 놓고 거실로 나갔다. 그도 내 뒤를 따라 나왔다.

이모는 손에 치즈 봉투를 들고 있었다. 조금만 티 안 나게 먹는다는 게 그만 너무 많이 먹었나 보다.

"여기 치즈가 10개가 있어야 하는데, 지금 두 개밖에 없어. 사 놓고 한 번도 안 뜯었는데."

그가 어색하게 웃으며 말했다.

"그걸로 뭐 하게?"

"너희들 식빵 구워 주려고 했는데. 치즈가 모자라네."

부끄러웠다. 옆에 있던 히메로스는 날개까지 빨개졌다. 처음엔 아무 생각 없이 냉장고 문을 열었는데 슬라이스 치즈가 눈에 띄었다. 그래서 하나만 꺼내서 먹었던 건데. 너무 맛이 좋았다. 그래서 거실에 아무도 없을 때, 하나씩 꺼내 먹었다. 언젠가 누군가에게 들킬 거라고 생각은 했지만, 치즈의 유혹은 강력했고 막상 들키고 나니 생각보다 훨씬 더 부끄러웠다.

순간, 많은 생각이 스쳤다. 후회되는 일들도. 핑곗거리를 생각해 봤다. 그냥 이모한테 말하고 먹을걸. 하필이면 치즈가 생각날 때마다 이모는 집에 없든가 혹은 바쁘게 무언가를 하고 있었다. 딱히 훔쳐 먹을 생각은 아니었는데, 일이 이렇게 되고 보니 내가 훔쳐 먹은 셈이 되어 버렸다. 그가 옆에 있어서 나는 더 부끄러웠다. 치즈를 훔쳐 먹은 아이가 되다니.

내가 어떻게든 변명을 하려 했을 때, 그가 먼저 말을 꺼냈다.

"치즈가 너무 맛있어서. 하나만 먹는다는 게 그만."

그는 큰 죄라도 지은 사람처럼 기어들어 가는 목소리였다. 그의 태도만 보면, 모든 걸 다 아는 내가 보기에도 치즈를 훔쳐 먹은 범인은 그였다. 사실 치즈가 비싼 건 아니었지만, 몰래 먹었다는 건 부끄러울 수 있는 상황이었다.

"그랬구나. 간식을 만들기엔 좀 부족하게 남았네. 이모가 가게에 가서 더 사 올게."

"아니야. 내가 수형이 데리고 나가서 햄버거 먹고 들어올게. 갑자기 햄버거가 먹고 싶어졌어."

그는 부끄러움에 쪼그라든 나를 데리고 밖으로 나왔다.

햄버거 가게에서 우리는 치즈버거를 주문했다. 그가 음식을 받으러 간 사이, 히메로스가 말했다.

"너만의 사람으로 만들고 싶구나. 헤라처럼."

나는 역시 부끄러워 고개만 끄덕였다. 히메로스는 내 귀에 대고 한 가지 방법을 알려 주었다.

그가 햄버거를 받아 들고 자리로 왔다. 나는 그에게 사실대로 말했다.

"내가 훔쳐 먹은 건데."

"알아! 내가 봤거든, 그래서 아까 네 머리카락을 흔든 거였어."

"근데 왜 오빠라고 그랬어?"

"남자인 내가 부끄러운 게 낫지. 네가 속상하면 내가 또 얼마나 널 위로하고 달래야 하니? 그게 귀찮아서."

나는 빨대를 입에 물었다. 빨대에 침을 묻히고, 그의 손에 문질렀다. 히메로스가 말했다.

"역시 이 방법이 최고야."

내가 빨대를 그의 손에 문지르자 그는 의아하게 나를 봤다. 나는 말을 돌렸다.

"헤라는 어떤 식으로 제우스를 자신만의 존재로 만들려 했어?"

"대부분 실패했는데."라고 시작했던 슬픈 헤라에 관한 이야기는 이렇다.

헤라의 질투와 시기심이 가장 강력했던 대상은 레토였다.

레토가 임신했다는 소식을 헤라가 들었다. 제우스의 아이였다. 헤라는 온 얼굴에 광기를 뿜고 온 올림포스산을 방방 뛰며 레토를 찾아다녔다. 제우스를 지키고 싶었던 헤라는 레토를 향해 분노했다. 마치 제우스는 아무 잘못이 없고 레토가 모든 악의 근원인 듯이 헤라는 레토를 찾아다녔다. 하지만 쉽게 찾을 수 없었다. 어딘가 꼭꼭 숨어 눈에 띄지 않았다.

반드시 아이를 낳을 수 없도록 만들어 주마. 헤라는 다짐하고 다짐했다. 자신이 낳은 제우스의 자식들보다 더 잘난 다른 여신이 낳은 제우스의 자식은 보고 싶지 않았다.

헤라는 피톤을 찾았다. 천지창조 때부터 존재했다는 거대한 뱀 피톤, 피톤은 사실 가이아가 혼자 낳은 뱀이라는 얘기가 있다. 가이아는 땅 한 부분을 떼어 내 델포이라 이름 짓고 피톤의 거처를 마련해 주었다. 게다가 가이아를 대신해 신과 사람에게 예언을 내리는 신탁을 하도록 허용해 주었다. 그래서 많은 이들이 피톤을 가이아의 자식이라 여겼다.

드넓은 대지, 한때 대지를 관장했던 가이아. 가이아의 자식 피톤. 피톤이라면 드넓은 대지를 모두 뒤져서 레토를 찾아 줄 것 같았다.

"가이아가 네게 특별히 잘해 주는데 이유를 알고 있나?"

피톤은 표정이 굳어졌다.

"네가 누리는 삶이 신의 삶이라고는 하지만, 죽을 운명이기 때문이야."

하늘의 여왕 헤라, 뭔가 비밀스러운 이야기 같았지만, 사실 피톤도 그 예언을 알고 있었다.

"그건 나도 알지. 제우스의 아들이 나를 죽일 거라는 예언. 그래서 나는 제우스의 아들이라면 먼발치에서도 보지 않아."

헤라는 검지를 들어 흔들었다.

"아니야, 아니야, 지금의 아들이 아니야. 앞으로 태어날 아들이 문제지. 지금 그 아이가 태어나려 하고 있어."

피톤의 눈이 커졌다.

"레토라고 티탄의 여신이 있다. 지금 그의 배에 제우스의 아들이 있어. 그 아이가 태어나 자라면 너부터 찾아내 죽일 거야. 신탁이란 그런 거니까."

레토의 배에 있는 자식이 아들인지 딸인지 헤라도 확신하진 못했다. 하지만 피톤을 이용하려면 아들이라고 해야 했다. 그래야 피톤이 움직일 테니까.

레토를 찾아 삼켜야겠다. 피톤은 죽고 싶지 않았다. 대지를 흔들며 모든 땅을 뒤질 기세로 레토를 찾아 떠났다.

헤라는 만족한 웃음을 짓고 올림포스에 올라와 공표했다. 피톤을 도와줄 속셈이었다.

"태양이 비추는 모든 땅에 고한다. 어디라도 레토가 아이를 낳는 땅이라면 저주가 내릴 것이다. 무엇을 심어도 열리지 않을 것이며 다시는 태양이 비추지 않는 어둠의 물바다가 될 것이다."

레토는 부른 배를 잡고 이곳저곳 떠돌아다녔다. 헤라의 추격을 벗어나기 위해 정처 없이 떠돌았고 쉴 틈도 없이 걷고 또 걸었다. 곧 아이를 낳아야 할 텐데 모든 땅은 레토를 받아 주지 않았다. 모두가 헤라의 저주에 겁을 먹고 있었다. 게다가 피톤이란 뱀마저 자신을 찾아다닌다는 소식에 레토는 마음이 급해져 한곳에 오래 머무를 수 없었다.

어느 호숫가에 다다랐을 때, 레토는 갈증을 느꼈다. 배 속의 아이도 목마름이 있을까 봐 레토는 호수로 가 물을 마시려 했다. 하지만 그곳의 사람들은 레토에게 물을 주지 않았다.

"이곳에 당신의 물은 없습니다. 그만 다른 곳으로 가 주십시오."

사람들이 레토를 알아보고 헤라의 저주가 무서워 물 한 방울도 줄 수 없다고 하였다.

"이곳에서 아이를 낳지 않겠습니다. 그저 목만 축이고 다른 곳으로 가겠습니다."

성품이 온화했던 레토는 사람들을 이해하고 그들에게 부탁했다. 하지만 사람들은 허락하지 않았다. 오히려 호수 속으로 들어가 물장구를 치며 깨끗했던 물을 흙탕물로 만들었다. 마실 수 없는 물. 레토는 분노를 삼키고 돌아섰다. 그리고 그곳 사람들을 저주했다.

"평생 물장구만 치며 살아라. 너희의 후손들도 물장구만 치며 살게 될 거다."

레토가 자리를 떠나자 호수 속의 사람들은 사라지고, 개구리만 가득했다. 레토의 삶에서 유일했던 분노는 자신의 아이에게 물을 주지 못해 생긴 거였다.

밤이 되자 레토는 하늘을 향해 물었다. 왜 자신만 이 고통을 받아야 하는지. 제우스는 왜 아무것도 하지 않는 것인지. 에일레이티이아는 왜 오지 않는지. 아이 낳을 날짜가 이미 지났는데도 아이를 못 낳고 있는 건 에일레이티이아가 도와주지 않았기 때문이다. 레토는 다짐했다. 만약 딸을 낳는다면 절대로 결혼시키지 않고, 평생 처녀로 살도록 하겠다. 임신의 고통을 절대 딸에겐 겪게 하지 않겠다.

에일레이티이아는 제우스와 헤라 사이에서 태어난 출산의 여신이다. 헤라는 일찍이 딸인 에일레이티아에게 당부했었다. 어떠한 일이 있어도 제우스의 아이를 가진 다른 여자의 출산은 돕지 말라고.

제우스도 입장이 난감했다. 아내인 헤라는 분노했고 자신의 아이를 가진 여신은 고통 속에 힘겨워하고. 도와주고 싶지만, 헤라의 눈치를 보느라 대놓고 어쩌지도 못했다. 그저 레토가 헤라의 추격을 피할 수 있도록 길이나 조금 내어 주는 정도였다.

출산일이 지나도록 레토는 아이를 낳지 못했다. 배는 점점 더 불러서 터질 것 같았다. 제우스는 레토가 안쓰러워 미칠 것 같았다. 포세이돈이 찾아와 제우스에게 묘책을 알려 주었다.

"델로스라고 변변찮은 섬이 하나 있네. 섬이라고 하기에도 그런 게 바닷속에서 자유롭게 떠다니고 있거든. 덕분에 헤라의 저주와는 상관이 없는 곳일세. 한 번도 햇빛을 받아 본 적이 없거든. 그곳이라도 괜찮다면 레토를 데려다 아이를 낳도록 하겠네."

이것저것 따질 때가 아니었다. 게다가 나쁘지 않은 생각이었다. 제우스는 이리스를 불렀다. 이리스는 무지개의 여신이며, 신들의 전령사 역할을 했다. 무지개처럼 하늘과 땅, 바다와 지하 세계를 오가며 신들의 소식을 전했다.

포세이돈이 폭풍을 쳐 델로스를 레토와 가까운 해안으로 옮겼다. 제우스는 델로스와 한 가지 약속을 했다. 세상 바다를 유랑하는 자유를 뺏는 대신, 신전을 세워 경배를 받게 해 주겠노라. 델로스는 동의했다. 포세이돈은 다시 바다로 들어가 델로스 아래에 바위와 흙을 채워 고정했다. 올림포스에서 델로스가 보이는 방향으로 파도를 높이 쳐 헤라는 델로스의 존재를 알지 못했다.

레토는 피톤의 위협에서 벗어나 델로스에 안착했다. 이리스에게 황금 목걸이를 선물 받은 에일레이티이아도 델로스에 도착했다. 모든 조건을 갖췄으나 레토는 안심할 수 없었다. 긴장한 탓에 출산의 여신이 돕는 와중에도 아이를 낳는 게 쉽지 않았다.

아이가 태어났다. 여자아이였다. 이름을 아르테미스라고 지었다. 아이는 태어나자마자 자라더니 5살쯤 된 모습으로 자랐다. 레토의 배 속에서 오래 있었던 시간만큼 금세 자란 것이었다. 배 속에 아이가 한 명 더 있었다. 두 번째 아이는 첫째보다 해산이 더 어려웠다. 아르테미스도 옆에서 엄마 레토의 해산을 도왔다. 레토는 9일 동안 더 산통을 치르고 아들 아폴론을 낳았다.

제우스는 감격했다. 이미 많은 아이를 가진 제우스였지만 자신이 가장 아낀 레토가 낳은 아이들을 보자 더욱 감격스러웠고, 긴 산통의 시간을 자신도 마음 졸이며 보았기에 태어난 아이들이 감격스러웠다. 제우스는 쌍둥이를 올림포스로 불렀다. 이미 태어난 아이들은 신의 아이이며, 곧 신이었다. 불사의 신. 그러니 헤라도 어찌할 수 없었다.

헤라는 비참했다. 자신의 남자를 지키지 못해서 슬펐고 자신과의 약속을 그저 목걸이 하나에 날려 버린 에일레이티이아의 배신도 슬펐다. 자신이 낳은 아이들의 경박함에 치가 떨렸다. 다시는 이런 실수를 하지 않으리. 헤라는 시기심에 자신의 질투를 갈고 또 갈았다.

아폴론이 태어난 지 나흘째 되던 날, 쌍둥이는 제우스를 만나러 올림포스에 올라갔다. 레토는 쌍둥이를 세워 놓고 당부를 했다.

“신이라고 다 같은 신이 아니다. 올림포스의 신들은 계급이 있으니까. 이 엄마는 티탄의 여신이라 그리고 하급 신이라 경멸을 받았고 고통 속에서 너희를 낳았다. 내가 올림포스의 신이었다면 아무리 질투에 눈이 먼 헤라라도 나에게 그런 고통을 주지 못했을 거다. 너희는 아버지 제우스에게 당당한 올림포스의 신으로 살아갈 자격을 요구해라.”

아르테미스와 아폴론은 고개를 끄떡였다. 쌍둥이는 어머니 레토의 말을 가슴 속에 잘 새겼다. 레토는 아르테미스를 따로 불러서 한 가지 당부를 더 하고 올림포스로 떠나보냈다.

제우스는 아이들을 보자 기뻐서 안았다. 아이들에게 황금 투구, 백조가 끄는 마차, 그리고 활을 선물로 주었다.

"이 아비가 너희들을 위해 준비한 작은 선물이다."

그러나 쌍둥이들의 표정은 좋지 못했다. 아이들이 실망한 걸 눈치챈 제우스는 말을 이었다.

"이게 다가 아니다. 이건 내가 미리 준비한 것이고, 너희들이 원하는 소망을 말하면 그 또한 내가 들어주겠다."

"무엇이든지 말입니까?"

아이들은 눈을 크게 뜨고 말했다.

제우스는 짐짓 당황했다. 이제껏 누구도 자신 앞에서 이렇게 겁 없이 당당하게 서 있던 자는 없었다. 사실 제우스는 기뻤다. 이렇게 늠름하다니. 과연 자신의 자식이고 레토의 자식다웠다. 이런 아이들이라면 무엇을 주든 아깝지 않다고 생각했다. 이 아이들은 무엇을 가지던 위대하게 사용할 것 같았다.

"무엇이든 말하면 이루어 주겠다. 나는 하늘의 제왕이고, 너희는 이 올림포스의 왕자와 공주이다. 무엇이 어렵겠느냐? 이 아비가 약속하마."

쌍둥이들은 입을 열어 소원을 말했다. 한 글자씩 순서대로.

"해."

"달."

레토가 아이들에게 알려 준 삶의 조건. 올림포스의 당당한 일원으로 살아가기 위해 받아 내야 했던 요구 조건은 바로 해와 달이었다.

제우스는 곤혹스러웠다. 태양은 이미 헬리오스가, 달은 셀레네가 담당하고 있었다. 게다가 그들은 혁명의 동지들이 아닌가.

"신의 약속과 아버지의 약속, 그리고 스틱스강에 한 맹세는 지켜야 한다고 배웠습니다."

반드시 지켜야 하는 세 가지 약속 중, 두 가지가 걸려 있었다. 흥분한 나머지 너무 쉽게 약속이란 말을 아이들에게 해 버린 거였다.

"약속을 지키마. 너희들이 성년이 되기 전에 해와 달을 너희에게 맡기마. 하지만 오늘 우리가 한 약속은 너희가 해와 달을 얻을 때까지 비밀로 해야 한다."

아폴론과 아르테미스는 그 약속을 받았다.

"저는 결혼하지 않고 평생 처녀로 살겠습니다. 이 또한 허락해 주시고 약속해 주십시오."

아르테미스는 어머니 레토가 자신을 따로 불러서 한 당부를 꺼내 들었다.

해와 달이라는 엄청난 약속을 한 제우스로선 그저 작은 요구라고 생각했다. 레토의 힘겨운 출산을 함께 본 터라 아르테미스의 요구는 당연한 것 같기도 했다.

"그 약속도 지켜 주겠다."

제우스는 잠시 시간을 보낸 후에 아폴론을 불렀다. 황금 투구를 씌우고 백조가 끄는 마차에 태우고, 활을 챙겨 주었다.

"신탁은 지켜져야 한다. 네가 날 도와서 너희가 해와 달을 가질 수 있다는 걸 스스로 증명하고 올림포스에서 당당히 살아가라."

아폴론은 아버지 제우스의 명령을 받고 델포이로 갔다. 그곳에 머무는 거대한 뱀 피톤을 찾았다. 헤라의 명을 받아 지겹도록 레토를 찾아 삼키려 했던 뱀.

아폴론의 모습은 겨우 다섯 살가량의 아이였고, 태어난 지 겨우 나흘째였다. 피톤은 겁나지 않았다. 겨우 이런 아이가 제우스의 아들이라며 자신을 찾아온 것에 기가 찼다. 자신은 제우스의 아들에게 죽을 거라는 예언이 있었지만, 이 아이는 아닌 것 같았다. 설사 이 아이라 하여도 더 자란 후에야 가능할 테고, 적어도 오늘은 아니라고 생각했다. 자신감이 있었던 피톤은 먼저 아폴론을 공격하지 않았다. 뭐든지 해볼 테면 해봐라. 하지만 아폴론이 쏜 제우스의 활은 피톤이 눈치도 채기 전에 피톤의 몸을 관통해 버렸다.

가이아의 신탁이, 약속이 지켜졌다. 아폴론은 피톤의 살을 발라내고 가죽을 챙겨 델포이, 세상의 중심에 놓아두었던 돌, 옴파로스 아래 묻었다. 다시는 생명을 얻어 태어나지 않도록.

"아버지 제우스의 명을 받아 이제 이곳 델포이의 신탁은 나 아폴론이 맡겠다."

이후에 인간들은 피톤을 통해 가이아의 신탁을 듣지 않고, 아폴론을 통해 제우스의 신탁을 들었다. 티타노마키아 이후 제우스가 왕의 자리에 오르긴 했지만 모든 권력을 차지한 건 아니었다. 작은 권력들을 하나둘 모으고 있었는데, 이번엔 아폴론을 통해서 큰 권력 하나를 얻은 거였다.

인간들은 중요한 일을 신들과 상의할 때 쌍둥이들의 고향 델로스에 모여 경배하고 델포이로 가 신의 의견을 들었다. 제우스의 입이 된 아폴론. 해와 달을 차지하기 전까지 올림포스에서 당당히 살아갈 수 있는 직책을 제우스가 준 것이었다. 게다가 제우스는 델로스와 했던 약속도 지킬 수 있었다.

이 일로 헤라는 더욱 상심하게 되었다. 남이 낳은 제우스의 자식이, 태어난 지 며칠 되지도 않는 자식이 이미 영웅의 반열에 올라선 거 같아서. 자신이 낳은 자식들이 더욱 초라해 보였다. 그럴수록 헤라의 질투심은 더욱 커졌다.

햄버거를 앞에 두고 나는 그에게 물었다.

"세상에서 가장 슬픈 단어는 질투일까?"

"아니, 세상에서 가장 슬픈 단어는 아쉬움이야."

나는 이제야 그가 했던 말을 조금씩 깨닫고 있다.

일기

6년 만에 이모가 차려 준 점심밥을 먹었다. 기지개를 켜자 하품이 나왔다.

"기차 타고 오느라 힘들었을 텐데, 잠도 잘 못 잤지?"

눈시울을 적시던 이모가 눈물을 닦고 날 걱정했다.

"네 방에 가서 좀 쉬고, 같이 나가서 쇼핑도 하고 길거리 나가서 사람 냄새도 좀 맡자."

이모는 내 등을 떠밀고 2층으로 올렸다. 방에 들어오자 내 물건들이 보였다. 이모는 방에 있던 내 물건들을 그대로 남겨 두었다. 방학 때마다 오는 딸이라고 이모는 내 언니들 물건은 정리해도, 내 물건은 내가 쓰던 그대로 두었다. 똑같은 위치에.

책상 위에 두루마리 종이가 있었다. 보라색 실로 감기고 겉에는 일기장이라고 썼지만 사실 그곳에 일기를 쓰지는 않았다. 그저 그와 함께 놀기 위해 만든 가짜 일기장 같은 거였다.

일기는 있었던 일을 쓰는 건데, 간절하다면 이루고 싶은 일을 쓰는 것도 좋았다. 이루면 되니까. 그러면 또 일기가 되는 거였다. 하고 싶다고 쓰면 안 된다. 했다고 써야지. 그래야 마법 같은 일이 생겨 그 소망이 이루어진다. 적어도 나는 대학교 2학년 때까지는 그렇게 믿었다.

사람을 만나면, 욕심이 생긴다. 매일 똑같은 일상은 지루하니까. 남들이 하는 것. 나도 해 보고 싶었다. 비 오는 날, 우산 없이 함께 걷는다든가. 노점에서 파는 음식을 함께 서서 나누어 먹는다든가. 놀이 공원에 가서 같은 곳을 바라본다든가 하는 거.

나는 욕심이 생기면 두루마리 종이에 적었다. 마치 일기인 것처럼. 일기의 형식을 갖춰서. 그리고 겉에는 일기장이라고 쓰고 보라색 실을 살짝 풀어 놓았다. 식탁 위에 놓거나 그의 방에 던져 놓으면 마법같이 소망이 이루어졌다.

처음 시작은 떼를 쓰는 거였다. 중학교 1학년 여름방학 때였고 내가 그를 저팔계로 만든 지 얼마 지나지 않아서였다. 나는 그의 방에 들이닥쳤다.

"오빠, 일기에 거짓말을 쓰면 어떻게 되는 거야?"

"그건 아니지. 썼다면 지우든가, 아니면 해내야지."

"지우는 게 좋은 걸까? 해내는 게 좋은 걸까?"

그는 잠시 고민하더니 이내 말을 꺼냈다.

"파에톤은 엄마랑 여동생들과 함께 살고 있었어."

라고 시작했던 그의 일기에 관한 이야기는 이렇다.

파에톤은 홀어머니 밑에서 자랐다. 아버지가 누군지 몰랐다. 아버지가 있는 아이들이 부러웠다.

파에톤이 사춘기를 지날 즈음 어머니 클리메네는 파에톤에게 아버지에 대해 말을 해 줬다.

"아버지는 하늘에 계셔, 만날 수 없는 게 아니야. 우리는 매일 아버지와 함께 사는 거야. 하늘에서 매일 우리를 지켜보고 계시니까."

클리메네는 태양을 꼭 집어 아버지라 말하지 않았다. 아직은 감당할 수 있는 나이가 아닌 거 같아 약간은 두리뭉실 알려 준 거였다.

친구인 에파포스에게 자기 아버지가 살아 있다고 말했다. 하늘에 계시고 매일 우리를 돌보고 계신다고. 자랑삼아서 했던 말인데 에파포스의 말에 파에톤은 상처를 받았다.

"그건 죽은 사람들이 하는 일 아니야?"

파에톤은 집에 돌아와 엄마를 찾았다. 그리고 물었다. 아버진 죽고 없는 거냐고? 하늘에서 우리를 보고 있는 건 죽은 사람들이나 하는 일이잖아.

클리메네는 몇 가지 물건을 꺼냈다. 부러진 칼과 거울 그리고 주머니. 모두 강한 빛이 나는 물건이었고, 모두 태양의 문양이 새겨져 있었다. 클리메네는 파에톤에게 아버지는 태양신 헬리오스라고 알려 주었다.

친구인 에파포스에게 다시 말을 해도 그가 믿을 것 같지 않았다. 아버지가 있다는 사실도 놀라웠는데, 그 아버지가 태양신 헬리오스라니. 자신이 태양신 헬리오스의 아들이라니. 만나고 싶어졌다. 아무에게나 자랑하고 싶어졌다. 매일 하늘을 보며 태양을 보며 아버지라 불렀다. 하지만 아무에게도 말을 못 하니 답답했다.

자신은 아버지가 있다고. 태양신이 자신의 아버지라고 외치고 싶었는데 누구도 믿어 줄 것 같지 않았다. 자신도 믿기지 않는 사실을 누가 쉽게 믿어 줄 건가.

제우스는 히메로스를 시켜 파에톤에게 그리움을 던졌다. 그리고 에로스를 시켜 파에톤의 가슴 한자리에 욕망을 묶어 놓았다. 때가 되면 풀려 분출할 수 있는 욕망을.

제우스는 속으로 환한 미소를 띠었다. 언젠가 저승의 왕 하데스가 데메테르의 딸을 납치한 적이 있었다. 모든 계획이 완벽했었는데, 납치한 현장을 하늘 위에서 헬리오스가 봤고, 그대로 데메테르에게 알려 주는 바람에 제우스 자신이 곤란했던 적이 있었다. 파에톤 가슴에 심어 놓은 욕망은 헬리오스에 대한 작은 보복이 될 거로 생각했다.

파에톤은 아버지에 대한 그리움이 생겼다. 그리움을 이길 수 있는 가장 좋은 방법은 이것저것 아무거나 끄적여 보는 것이다. 파에톤도 그리움이란 감정을 여기저기에 적었다. 마침내 일기장에도. 아버지를 만났다고 태양신 헬리오스에게 자신이 아들이라는 징표를 받아 이제 친구들에게 떳떳이 자신을 밝힐 수 있다고 적었다. 일기에 적힌 글들은 마법을 부려 사건을 만들었다.

어머니 클리메네는 파에톤을 불러 부러진 칼을 주었다.

"네가 성인이 되었을 때, 주라고 한 것인데 요즘의 너를 보니 안 되겠구나. 태양이 뜨는 동쪽으로 가거라. 계속 여행하다 보면 태양 궁전이 보일 텐데. 그곳의 문지기에게 이 칼을 보여 주어라."

파에톤은 길을 떠났다. 동쪽으로 향했다. 길은 쉬웠다. 그저 매일 아침 태양이 떠오르는 곳을 보며 가기만 하면 되는 거였다. 꽤 오래 여행했다고 생각했을 때, 새벽의 안개를 지나자 안개 너머로 밝은 궁전이 보였다. 높은 기둥엔 태양의 문양이 새겨져 있었다. 어머니가 보여 준 거울과 주머니에도 있던 같은 문양이었다. 그리고 자신이 가져온 부러진 칼에도.

파에톤은 궁전이 보이자 뛰었다. 오랜 여독의 피곤함도 사라졌다. 궁전 문 앞에 도착하자 문지기가 가로막았다. 역시나 가져온 칼을 보여 주자 통과할 수 있었다. 누군가 나타나 궁전 안으로 안내해 주었다.

밤이 되자 마차가 들어왔다. 태양 마차가 서쪽 바다에 내려앉은 후 바다를 통해 동쪽 태양 궁전으로 돌아온 거였다. 말들의 갈기는 찬란했고 땅에서 보던 모습보다 훨씬 크고 우아했다. 마차에 눈이 팔리는 동안 아버지 헬리오스가 들어오는 걸 보지 못했다. 자신이 그냥 하늘로 붕 뜬다는 느낌을 받았는데, 알고 보니 헬리오스가 자신을 들어 안은 거였다.

"아들아, 그동안 하늘에서 너를 지켜봤는데, 이렇게 실제로 보니 너무나 기쁘구나."

파에톤도 기쁘긴 마찬가지였다. 원래는 아버지를 만나고 함께 이야기하고, 자신이 태양신 헬리오스의 아들이라는 징표만 갖고 다시 어머니와 여동생들이 있는 고향으로 돌아가는 게 목적이었는데 태양 마차를 본 순간부터 파에톤의 눈은 마차에만 꽂혀 있었다.

"험난한 여행도 잘 이겨 내고, 역시 나 헬리오스의 아들답구나. 소원을 말해 보아라. 아버지의 이름으로 신의 이름으로 아들의 소원을 들어주마."

파에톤은 기다렸다는 듯이 대답했다. 에로스가 심어 놓은 욕망이 파에톤의 입을 뚫고 튀어나왔다.

"태양 마차를 하루만 몰아 보고 싶습니다."

헬리오스는 아차 했지만 이미 늦었다.

"그것만은 취소하면 안 되겠니? 그건 너에게 너무나 위험하단다."

"신의 약속과 아버지의 약속, 스틱스강을 걸고 한 맹세는 지켜야 한다고 들었습니다."

에로스가 심어 놓은 욕망은 물러서지 않았다.

다음 날 새벽 무렵 파에톤은 마차에 올랐다.

"하늘과 땅 사이 적당한 높이로 말을 몰아야 한다. 어제 내가 지나간 자리가 아직 불타고 있을 거다. 그 길을 잘 보고 그대로만 간다면 아무 문제 없을 거다."

태양 마차가 지나는 길은 매일 조금씩 다른 길로 가야 했다. 출발하는 시간도 매일 조금씩 달라야 했다. 그래야 계절이 바뀌고 숲의 나무와 풀이 자라고 땅의 생물들도 자랄 수 있었다. 하루 정도는 괜찮을 거로 생각했다. 하루 정도 어제와 같은 길로 가도 땅의 생물들이, 올림포스의 신들이 눈치채지 못할 거로 생각했다.

헬리오스는 태양 마차를 출발시켰다. 파에톤은 긴장했지만, 자신이 있었다. 자신이 바로 헬리오스 태양신의 아들이니까. 마차는 순조롭게 떠올랐다. 어제 아버지가 지난 길은 여전히 힘차게 불타올랐고, 그대로만 가면 성공이었다.

하지만 네 마리 말들은 달랐다. 뭔가 가벼워진 느낌. 마차 뒤에서 채찍질하는 사람의 힘도 뭔가 약해진 느낌을 받았다. 살짝 경로를 바꾸어 보았다. 채찍이 날아오긴 했지만 견딜 만했다. 한 마리가 이탈을 시작하자 다른 말들도 중심을 잡지 못했다. 서로 가고자 하는 길이 달랐다. 파에톤은 채찍질하며 말들을 통제하려 했다. 말들이 알아차렸다. 오늘은 다른 사람이 고삐를 잡았구나. 그리고 폭주를 시작했다.

마차는 갑자기 하늘 높은 곳으로 가 버렸다. 땅에 있던 꽃들은 얼었고 동물들은 추위에 떨었다. 파에톤이 고삐를 당기자 이제는 땅과 너무 가까운 곳으로 말들이 달렸다. 강과 호수의 물이 말랐고 바위가 깨졌으며 땅이 갈라졌다. 사막이 생겨났다. 에티오피아 사람들의 피부가 검게 변한 것도 이때부터라고 한다.

땅 위의 인간들도 놀랐고, 올림포스의 신들도 놀랐다. 모두가 제우스를 찾아가 이변이 생겼다고 보고했다. 태양이 저렇게 미친 듯이 날뛰는 모습을 제우스도 처음 보았다. 제우스는 번개를 들고 파에톤에게 던졌다. 이때 비어 버린 마차를 타고 오른 건 아폴론이었다.

파에톤은 강변에 떨어져 죽었다. 누이들이 파에톤의 죽음을 슬퍼하다 사시나무가 되었고, 누이들이 흘린 눈물은 지금도 태양 빛을 받으면 반짝이는 보석 호박이 된다.

아버지의 약속과 신의 약속은 지켜져야 한다. 이 말은 제우스도 들었고 헬리오스도 들었다. 그 약속을 지키기 위해 헬리오스는 가업과도 같았던 태양신의 자리를 잃었고, 제우스는 태양신의 자리를 빼앗아 아들에게 주었다.

헬리오스는 아버지 히페리온 때부터 이어 오던 태양신의 자리를 잃었다. 또 아들도 잃었다.

헬리오스의 동생 셀레네도 달을 놓았다.

"일기란 이런 거야. 작은 거짓말을 쓰면 뒤에 감당하지 못할 사태가 발생하는데, 결과가 어떨지 아무도 책임질 수 없어."

그는 나의 작은 물음에 아름다운 긴 대답을 했다.

"그러니까 지워야 할까? 이뤄 내야 할까?"

"감당할 자신이 있으면 지우기보다는 이뤄 보는 게 낫지 않을까?"

"나도 그렇게 생각해."

그는 잠시 황당하다는 표정을 지으며 내게 물었다.

"수형이 너 도대체 일기에다 뭐라고 적은 건데?"

나는 허리춤에 넣어 두었던 두루마리 종이를 꺼내 읽었다.

"나는 오늘 오빠랑 영화관에서 영화를 봤다."

"굉장히 유치한 일기군."

핀잔을 주는 것 같더니, 그는 벌떡 일어나 현관으로 가 신발을 신었다.

"뭐해? 나가야지. 함께 이루어 내자."

함께 이루어 내자. 그 말이 듣기 좋았다.

그날 나는 그와 단둘이 영화관에 갔다. 전에 같이 영화를 본 적이 있었지만, 단둘이 영화를 본 건 그날이 처음이었다.

초등학교 4학년 겨울방학이었을 때, 언니 둘이 서울에 왔었다. 주말이라 그때 마침 집에 손님이 오셨는데, 나까지 세 명이 시끄럽게 떠들어 댔던 모양이다. 이모는 유달리 북적인다고 생각했는지 그에게 돈을 쥐여 주었다.

"동생들 데리고 나가서 영화 한 편만 보고 들어와."

그렇게 4명이 버스를 타고 신림사거리로 영화를 보러 갔었다. 큰언니는 그보다 한 살이, 작은언니는 그보다 두 살이 적었다. 큰 영화관이 아니었다. 입장료만 내고 들어가서 아무 자리나 잡고 보면 되는 그런 영화관이었다. 하지만 사람들이 많았다. 4명이 나란히 앉을 자리가 없었다. 큰언니가 3명 자리를 찾았다. 우리에게 그리로 오라는 손짓을 했다. 작은언니가 가서 앉았고 남은 한 자리에 그와 내가 남았다.

큰언니가 말했다.

"오빠가 자리에 앉고 수형이는 오빠 무릎에 앉으면 되겠다."

다행히 나는 그 당시 작은 아이였고, 그는 고등학생이라 작은 아이의 무게를 감당할 무릎이 있었다. 영화가 어느 정도 진행됐을 때 큰언니는 내 귀를 당겨 속삭였다.

"고맙지? 내가 도와준 거다."

이모 말이 맞나 보다. 나는 숨긴다고 숨겨도 모두 보이는 투명한 마음이었나보다.

그날 이후 그와 처음 영화관에 간 거다. 다른 사람들도 다 하는 거니까. 나도 해 보고 싶은 욕심이 생겨서 일기를 쓰고 그런 식으로 떼를 써서 성공했었다. 그 이후 나는 두루마리 종이로 그에게 나의 욕심을 써서 보였고 그는 나와 함께 이루어 내었다.

그와 단둘이 영화를 보고 들어온 날, 나는 방에서 진짜 일기장을 꺼냈다. 그리고 내 나이를 세었다. 내가 70세가 되는 연도를 적었다. 그리고 내 생일날을 적었다. 창문을 열자 바람이 들어왔다. 시원한 바람.

히메로스가 창문에 걸터앉아 나를 호기심 어린 눈으로 쳐다보았다.

"56년 뒤의 일기를 지금 쓰는 거야?"

"응."

"뭐라고 쓸 건데?"

"나는 오늘 이날까지 오빠와 함께 잘 살고 잘 늙어 온 내 인생에 만족한다."

산울림, 인연

인연은 무섭다. 내가 선택하지 않은 영혼들을 인연으로 묶어 가족으로 살게 한다. 우연처럼 묶여 살면서도 언젠가는 헤어져야 할 인연. 시간과 죽음은 그 인연을 갈라놓는다. 헤어짐의 순간에 우리가 흘릴 눈물은 어디서 받아 와야 하는가?

삶의 길모퉁이에서 내가 선택한 영혼이 내 영혼을 선택해 주길, 서로가 선택한 인연마저 세월은 찢어 버린다. 보내야 할 그 순간에 우리가 토해낼 절규는 또 어디서 받아 와야 하는가? 어떤 신이 내게 와 부조(扶助)로 눈물과 절규를 낼 것인가?

"나 오빠 처음 봤을 때, 약간 좀 이상했어."

"왜?"

"이모네 냉장고에 기대 있었잖아. 냉장고에 기대 있는 거 좀 이상했어."

"그게 나를 처음 만난 날이니?"

나는 고개를 끄덕였다.

"너 초등학교 입학하기 전에 강원도 태백에 이모랑 함께 온 적 있었잖아."

생각해 보니 그랬다. 이모가 신기에 들려 서울로 가기 전에 아는 집에 들러야 한다며 나를 데리고 태백에 간 적이 있었다.

"그때 너한테 코코아 타준 사람 있었잖아. 그게 나야. 그때 네가 초등학교에 입학하네, 유치원을 졸업했네, 학교랑 유치원이랑 아주 다를까 걱정이다. 말이 많았었는데."

"내가 그렇게 말이 많았어?"

인연의 시작, 어렴풋하게 남아 있던 기억이 떠올랐다. 그래서 그날, 내가 그를 처음 만났다고 생각한 날, 그의 낯섦이 싫지 않았던 모양이다.

그날 짧은 만남으로 인연이 시작되었고, 우리의 만남은 방학 때마다 반복되었다.

"그럼 우리 인연이야?"

"서로가 선택한 인연이고 영혼이길 바라."

소리는 울린다. 소리는 파동이라 산을 맞고 내게 돌아온다. 그는 새벽에 자주 산에 올랐다. 이모 집 부근에 있던 관악산에 그는 자주 그것도 새벽에 올랐다. 나도 그를 따라 눈을 비비며 관악산에 자주 올랐다.

"방금 산에서 내려온 애가 왜 새벽부터 산에 따라다니고 그러냐?"

이모는 신기 산골에서 온 나를, 산에서 내려온 아이라고 불렀다.

그냥 산이 아니었다. 나는 그를 따라가는 거였고, 그가 산을 가는 거였다. 나는 이야기를 듣기 위해 가는 거였고, 그는 산에서 신들을 이야기해 주었다.

“왜 힘들게 산에 올라가?”

“편안하게 살기엔, 미안한 사람들이 있어서.”

나는 화제를 돌리고 싶었다. 이 이야기를 더 끌고 가면 그가 울 수도 있었다. 내가 가장 괴로웠던 건 그의 괴로움을 보는 거였다.

“서울 사람들은 원래 산에 가면 ‘야호’ 하는 거 아니었어? 오빠는 왜 안 해?”

“나는 서울 사람이 아니거든.”

“메아리가 신기하지 않아?”

“에코가 피곤할까 봐. 아직 자고 있을까 봐.”

나는 고개를 갸우뚱거렸다.

“에코는 두 가지 재주를 가진 요정이었어.”

라고 시작했던 그의 산울림과 인연, 복수에 관한 이야기는 이렇다.

에코는 산에 사는 요정이었다. 외모도 아름다웠지만, 남들에게는 없는 두 가지 재주가 있었다. 하나는 원래 에코가 가진 아름다운 목소리였고 또 하나는 누구의 목소리든 똑같이 흉내 내는 재주가 있었다. 그래서 신들은 모두 에코를 아꼈다. 자신의 연회에 자주 에코를 불렀다. 에코는 공연을 하고 신들에게서 선물을 받았다.

신들의 연회에 참석하지 못하는 두 여신이 있었다. 한 명은 불화의 여신 에리스였고, 또 다른 한 명은 복수의 여신 네메시스였다. 자신이 주관하는 책무 탓에 신들의 연회에 초대받지 못했다. 즐겁게 준비한 연회 자리에서 불화나 일으키고, 원수는 외나무다리에서 만난다고, 복수나 하고 있으면 연회 자리는 의미가 없어지는 거라서 신들은 연회 자리에 에리스와 네메시스를 초대하지 않았다.

에코는 신들의 초대에 친구 한 명을 데리고 다녔다. 가장 친한 친구였다. 함께 신들과 교분을 쌓아도 나쁠 게 없다고 판단했었다. 신들의 연회가 끝나면 에코는 네메시스를 찾았다. 그날 연회에서 자기가 공연한 내용을 다시 보여 주고, 여러 신들의 반응을 그 목소리 그대로 네메시스에게 보여 주었다. 네메시스는 비록 연회에 참석하지 못했지만, 에코를 통해 다른 신들의 사정이나 내막 등을 알 수 있었다.

네메시스 역시 에코의 재주에 감탄했고, 자주 자신을 찾아주는 에코의 행동이 고마웠다.

에코의 삶은 평온하고 행복했다. 신들이 자신을 좋아해 주었고 친한 친구가 있어 평범한 일상이 만족스러웠다. 그러나 문제는 터졌다. 전혀 엉뚱한 곳에서, 생각도 못 한 결과를 가져왔다.

“제우스 님 말이 내가 사랑스럽대. 나도 제우스 님을 좋아해.”

에코는 놀랐다. 제우스가 주최한 연회에 친구를 데려갔던 것인데, 그곳에서 제우스가 친구를 본 것이었다. 헤라가 알면 친구는 죽은 목숨이었다.

“나도 알고 있어. 하지만 제우스 님이 지켜 주실 거로 믿어.”

그날 이후 친구는 자주 자리를 비웠다. 제우스를 만나러 나간 거였다. 불안했던 에코는 항상 친구를 뒤따라 나갔다. 친구가 제우스를 만나는 그 주변을 어슬렁거리며 혹시나 헤라가 나타날까 경비 아닌 경비를 섰다.

산기슭에서 새들이 날아오르더니 밝은 빛을 뿜었다. 에코가 나뭇잎을 만지며 시선을 피했을 때, 헤라가 나타났다.

"여기서 혹시 제우스 님을 보지 못했느냐?"

헤라의 말에 에코는 제우스를 흉내 냈다. 제우스와 똑같은 목소리. 똑같은 몸동작. 티탄을 몰아내고 올림포스 신족의 세계를 세우던 그 당시의 역사를 에코가 재연하고 있었다. 헤라는 에코의 목소리와 몸동작에 빠져들었다. 한참을 에코의 재주에 빠져 있었다. 서편에 지는 해가 보였다. 그제야 자신이 이곳에 내려온 목적을 깨달았다.

"죄송합니다. 제우스 님을 보지 못했습니다."

헤라가 에코의 말에 실망하려는 순간, 에코의 어깨 너머 풀숲에 긴 그림자가 지나는 걸 보았다. 헤라는 몸을 날려 풀숲으로 갔다. 누군가가 있었던 흔적이 보였다. 헤라는 에코에게 가 머리채를 잡았다.

"네년이 일부러 내 시간을 끌었구나."

에코는 공포에 질렸다. 늘 자신에게 친절한 신들이었는데. 이렇게 화난 신, 그것도 여신의 얼굴을 에코는 처음 보아서 두려웠다.

"방금 제우스 님과 함께 있던 자를 말하라. 그럼 너를 놓아주겠다."

매번 자신과 함께 신들의 연회에 참석했던 친구. 헤라는 아마 친구의 존재를 눈치채지 못한 것 같았다. 자신이 입을 다문다면 헤라는 그 친구의 존재를 모를 것 같았다. 친구는 안전할 것 같았다.

에코는 겁에 질려 고개를 저었다. 헤라는 고개 숙여 한숨을 쉬었다. 헤라의 손엔 아주 짧고 가는 단도 한 자루가 들려 있었다.

"너를 죽여야 마땅하나 그동안 신들을 위해 노력한 공이 있어. 살려는 두겠다. 하지만 죄를 씻을 순 없다. 네가 가진 재주 중에 하나를 뺏어야겠는데, 말하기 싫어하는 걸 보니 너의 아름다운 목소리를 없애 주마."

헤라는 억지로 에코의 입을 열고 칼로 혀를 잘랐다. 분명 잘리는 느낌이 났는데 아프지 않았다. 피가 날 것 같았는데, 나지 않았다. 다만 혀가 좀 얇아진 것 같은 느낌이었다.

"목소리를 흉내 내는 재주는 없애지 않았다. 다른 사람이 말을 하지 않으면 너도 말을 하지 못할 것이다."

헤라는 에로스와 히메로스를 불렀다. 에로스는 에코의 마음에 황금 화살을 쏘았고, 히메로스는 에코의 가슴에 그리움을 가득 묻혔다.

"이제 처음 만나는 사람을 사랑하고 그리워하게 될 거다. 아무쪼록 너를 사랑해 줄 수 있는 사람을 만나게 되길 바라마. 네 사랑이 이루어질는지 네 운명이 어떻게 될지 지켜보마."

헤라는 에로스와 히메로스를 데리고 올림포스로 올라갔다.

에코는 소리치고 싶었지만, 소리 낼 수 없었다. 말을 하고 싶었지만, 말이 나오지 않아 답답하고 슬펐다. 하룻밤을 보내고 에코는 낯선 곳으로, 아무도 자신을 모르는 곳으로 떠나고 싶었다.

나르키소스는 매우 잘생긴 소년이었다. 하지만 자신이 얼마나 잘생긴 완벽한 외모를 가졌는지 알지 못했다. 나르키소스가 태어났을 때, 신탁이 있었다. 이 아이는 자신에 대해 알 때 죽게 될 거다. 집안에 모든 거울과 반사되는 물건을 치웠다.

나르키소스는 잘 자랐다. 가끔 지나가는 사람들이 나르키소스를 보았고, 말이 전해졌다. 이미 일대엔 나르키소스의 외모에 대해 전설 같은 것이 전해졌다. 매일 많은 사람이 찾아와 나르키소스를 불렀다. 가끔 창가에서 얼굴이라도 내밀면 환호성이 터졌다.

나르키소스는 그런 사람들을 이해할 수 없었다. 그리고 귀찮았다. 그들이 모일수록 나르키소스는 자유가 없었다. 잠시 밖으로 나가려 해도 자신을 둘러쌀 게 뻔한 사람들. 나르키소스는 자신의 집에 문제가 있다고 생각했다.

일단 집 밖으로 나가면 귀찮은 사람들을 안 보아도 되겠지, 자신이 집에 있다고 믿고 있으니 어떻게든 뒷문 뒷산으로 나가면 자유롭게 뛰어다닐 수 있겠지.

틈을 찾았다. 뒷문으로 나가 얼굴에 보자기를 두르고 산으로 뛰었다. 다행히 아무도 눈치채지 못했다. 부모님께 말하지 않은 것이 마음에 걸렸지만, 산속의 공기는 너무나 달랐다. 뛰어도 보고, 나무에 기대어도 보았다. 생각보다 큰 자유에 나르키소스는 해방감을 느꼈다.

산마루 너머가 궁금하면 가 보았고 짐승들이 뛰어가는 곳에 함께 가 보았다. 해가 지면 풀밭에서 잠을 잤다. 배가 고프면 나무에 열린 과일을 먹고 꽃에 흐르는 꿀을 마셨다.

그렇게 며칠을 전에 없던 자유를 누렸다. 사람의 소음이 없는 맑은소리만 들리던 때, 나르키소스는 한 소녀와 마주쳤다. 처음에는 두려웠다. 소리를 지를까 봐. 하지만 소녀는 조용했다. 뭔가 말을 하려 하는 것 같았으나 소녀는 말을 하지 않았다. 지금까지 이런 사람은 없었다. 누구나 자신을 본 사람들은 호들갑을 떨며, 자신의 외모를 칭찬했었는데, 이 소녀는 달랐다. 나르키소스는 호기심에 소녀에게 다가갔다. 한 번도 사람들 곁에 가 본 적이 없었지만, 그냥 괜찮을 것 같은 느낌이 있었다.

에코 역시 며칠을 떠돌다 나르키소스를 만났다. 에로스의 황금 화살을 맞은 후 처음 본 사람. 나르키소스였다. 심장이 뛰며 나르키소스가 미치도록 좋았다. 나르키소스가 자신에게 다가오자 심장은 더 빠르게 뛰었다. 주체할 수 없어서 소리를 지르고 싶었지만, 아무 소리도 나오지 않았다. 헤라가 혀 일부를 가져간 후 줄곧 아무 말도 할 수 없었다. 다가오는 남자에게 아름다운 목소리를 들려주고 싶었는데 안타까웠다.

"너는 이쁘게 생긴 아이구나."

나르키소스의 목소리를 듣자. 자신도 말을 할 수 있을 것 같았다.

"너는 이쁘게 생긴 아이구나."

하고 싶은 말이 아닌 다른 말이 나왔다. 산이 아름답다고 말하고 싶었는데, 나르키소스와 똑같은 목소리로 똑같은 말을 해버리고 말았다. 나르키소스는 고개를 갸우뚱하며 다시 말을 이었다.

"좋은 재주가 있네. 나는 나르키소스라고 해."

나는 에코라고 합니다. 입 안에서 머물던 말은 공기를 타고 입 밖으로 나와 변해 버렸다.

"좋은 재주가 있네. 나는 나르키소스라고 해."

나르키소스는 한 번 더 시험해 보고 싶었다.

"이러지 마. 무섭잖아."

"이러지 마. 무섭잖아."

나르키소스는 한 발짝 뒤로 물러났다. 오싹한 느낌이 났다.

에코는 마음이 무너질 것 같았다. 하고 싶은 말을 할 수 없어서. 나르키소스에게 겁을 주고 싶지 않았는데 뜻대로 되지 않아서. 나르키소스의 표정에서 에코는 두려움을 보았다.

"난 이만 갈게. 다음에 또 만나."

나르키소스는 에코를 혼자 두고 숲속으로, 나무들 사이로 몸을 숨기며 뛰었다. 이상한 소녀가 더는 자신을 보지 못하게. 다시는 만나고 싶지 않아서.

에코는 뒤돌아 뛰어가는 나르키소스를 보내 주려 했다. 자신이 생각해도 조금 전 상황이 말도 안 된다는 걸. 에코도 이해할 수 있었다. 저렇게 도망가는 나르키소스를 이해할 수 있었다. 하지만 그건 머리가 하는 생각이었다. 황금 화살을 맞은 에코의 심장은 다른 생각이었다. 게다가 히메로스가 적시고 간 그리움은 나르키소스를 놓아줄 수 없었다.

에코는 나르키소스가 뛰어간 방향으로 좇아갔다. 금방 잡힐 것 같았는데 다가가면 보이지 않았다. 방금 보았던 나르키소스의 눈동자와 입술이 에코의 머릿속에서 떠나지 않았다. 너무 그리워서 마음이 아려서 먹고 싶은 생각과 자고 싶은 생각도 들지 않았다.

나르키소스는 무서웠다. 사람들의 소음이 싫어서 잠시 뒷산에 소풍이나 온다는 게 일이 너무 커졌다고 생각했다. 너무 긴 시간 집을 나와 있는 것을 후회했다. 차라리 집에서 자신을 칭찬하는 소음이나 듣는 게 낫지. 갑자기 나타난 미친 귀신 같은 소녀를 만난 게 무서웠다. 그리고 쉬지 않고 따라오는 발소리. 오싹했다. 자신의 목소리와 똑같은 목소리도 끔찍했다.

나무 뒤에 숨어 사과를 먹었다. 풀숲 너머를 살폈다. 여전히 바스락거리는 소리가 들렸다. 그곳에선 에코가 아무 말도 없이 무언가를 찾고 있었다. 눈동자에 초점이 풀린 채 무언가를 찾고 있었다. 자신을 찾고 있는 게 틀림없었다.

나르키소스는 다시 도망쳤다. 에코는 나르키소스의 흔적을 훑으며 그가 다시 보고 싶어서 가슴이 미어지는 심장을 붙잡고 나르키소스를 찾았다. 다시 만나면 자신의 목소리로, 하고 싶은 말을 할 수 있을 것 같아서. 찾고 또 찾았다.

그렇게 며칠을 숲과 들, 강을 지나며 나르키소스를 찾았다. 먹지도 못하고 마시지도 못하며 온몸을 감싸 안은 그리움을 찾아다녔다.

몇 걸음 앞에 환영처럼 나르키소스가 보였다. 뛰어가면 단숨에 잡을 수 있을 것 같았는데. 몸의 속도가 점점 느려지더니 이젠 떨리기만 할 뿐 다리는 더 움직이지 않았다. 손을 뻗으면 잡을 수 있을 것 같았는데, 침침해진 눈 때문에 어디로 손을 뻗어야 할지도 몰랐다. 에코는 쓰러졌다. 어떤 말이라도 하고 싶었는데 말이 나오지 않았다. 마지막으로 떠오른 이는 나르키소스도 제우스와 밀회를 나누던 친구도 아니었다. 복수의 여신 네메시스였다.

에코는 나오지 않는 목소리로 간절히 네메시스에게 간청했다.

"나르키소스가 어디로 도망가든 언제나 저와 함께하게 해 주소서. 나르키소스도 내가 느낀 목마른 그리움을 똑같이 느끼게 해 주소서."

네메시스는 응답했다. 두 가지 소망을 모두 다 이루어 주마. 나의 친구여.

네메시스는 에코의 시신을 거두어 가루로 만들었다. 온 세상을 다니며 그 가루를 뿌렸다. 나르키소스가 어디에 가든 에코와 함께 있을 수 있도록. 함께 피어날 수 있도록.

네메시스는 에코의 심장에서 꺼낸 화살과 가슴에서 긁어 낸 그리움을 들고 나르키소스를 찾았다. 긴 잠에 빠진 나르키소스. 네메시스는 잠든 나르키소스의 얼굴에 그리움을 묻히고, 심장에 황금 화살을 꽂았다.

생각해 보니 여러 날 동안 에코가 보이지 않았다. 비로소 나르키소스는 안심하고 잠을 잘 수 있었다. 이젠 그 무서운 아이가 포기했나 보군. 이쁘게 생긴 아이가 왜 그리 무서운 행동을 했는지 나르키소스는 이해할 수 없었다. 그나저나 그 아이가 보이지 않으니 모든 게 괜찮다고 생각했다. 아침에 눈을 뜨면 집으로 돌아갈 생각이었다.

아침 햇살에 눈이 부셨다. 배가 고프지 않았지만, 갈증이 생겼다. 마침 옆에는 작은 연못이 보였다. 연못에 입을 대고 물을 마실 작정이었다. 연못에 얼굴을 가져갔을 때, 연못 속엔 너무나 아름다워 칭송하고 싶은 사람이 있었다. 처음 본 자신의 얼굴을 나르키소스는 알지 못했다. 한 번도 무언가에 비친 자신을 본 적이 없어서 연못 속의 사람이 자신이라고는 생각하지 못했다. 그저 아름다운 사람이라 생각했다.

물을 마시려 연못에 입술을 대자 연못 속 사람이 일렁이며 사라졌다. 놀란 나르키소스는 물을 마실 수 없었다. 어디로 사라진 걸까? 연못 속을 살피자 이내 잔잔해진 수면 속에서 다시 그 사람이 나타났다. 안도의 한숨을 쉬고 웃자 연못 속 사람도 함께 웃어 주었다. 나르키소스는 그게 좋았다. 자신의 마음을 알아주니까.

배가 고파도 연못을 떠날 수 없었다. 혹시나 잠시 열매라도 따러 간 사이 연못 속 사람이 사라질까 봐.

물도 마실 수 없었다. 연못에 입술을 대면 일렁이는 물결에 그 사람이 보이지 않을까 봐. 집으로 가는 것도 잊었다. 함께 갈 수 있다면 좋았겠으나 아무래도 그는 연못에서 나올 수 없는 것 같았다.

잠을 자지 않았다. 그도 자지 않고 자신을 바라봐 주었으니까. 지쳐 가고 말라가지만 그를 보고 있으면 행복했다. 연못 속의 사람도 왠지 함께 말라가는 게 안타까웠다. 하지만 함께할 수 있어 좋았다.

여러 날이 지나 나르키소스는 많이 야위었다. 엎드려 있을 힘도 없었다. 눈을 뜨고 있었지만 더는 그 사람이 뚜렷해 보이지 않았다. 희미해져 갔다. 나르키소스는 마르고 말라 말 한마디 더 못하고 잠이 들었다. 바람이 불어 나르키소스의 몸을 덮었고, 햇볕이 내려와 나르키소스의 영혼을 감쌌다.

네메시스가 연못에 왔을 때 나르키소스의 몸과 영혼은 흔적만 남아 있었다. 네메시스는 그 흔적들을 거두고 입김을 불었다. 그리고 그곳에서 수선화 한 송이가 피어났다.

세월이 흐르고 그 연못가에는 수선화가 피었다. 아이들이 놀다가 목이 마르면 연못가에 와서 물을 마셨다.

"얘들아! 여기 와 봐, 수선화가 피었어."

에코도 그 말을 거들었다.

"얘들아! 여기 와 봐, 수선화가 피었어."

에코의 목소리가 나르키소스의 몸을 덮어 주던 바람처럼 한 송이 수선화를 감싸며 돌았다.

에코의 두 번째 소망은 복수였다.

인연이 복수가 되는 건 괴로운 일이다. 나와 이 사람의 인연은 무엇일까? 그 결과는 어떤 모습일까? 세월의 끝자락에서 서로를 보내야 할 때, 우리 앞에 다가서는 슬픔은 어떤 존재일까? 그 슬픔이 오기 전에 나는 어떤 준비를 해야 할까? 산울림과 인연에 관한 그의 이야기를 듣는 동안 나는 혼자 결론 없는 고민을 했었다.

"에코도 얼마나 바쁘겠니? 전 세계에서 사람들이 모두 '야호'를 외칠 텐데, 나마저 그럴 수는 없잖아. 요즘은 인구도 많아서 정말 바쁠 거야."

나는 이렇게 고민이 많은데, 그는 아무 고민도 없이 해맑은 표정으로 떠들고 있었다. 나는 발로 그를 세게 걷어차고 싶었다.

수선화가 어디서 피든, 항상 산울림과 함께할 수 있는 것처럼. 그가 어디를 가든 항상 내가 함께할 수 있기를 간절히 기원했었다.

겁 없는 사랑

2층 내방에서 잠시 쉬었다. 답답해졌다. 아래층 거실에 내려와 식탁에 앉았다. 식탁은 정리되어 있었고, 이모는 설거지를 하고 있었다.

"나 때문에, 이모는 오늘 점심에 두 번 설거지하는 거 아니야?"

"오늘 같은 날, 세 번 하면 어떻니? 내 딸이 먹은 걸 치우는 건데. 그나저나 너도 어른이 됐나 봐. 이모 생각을 다 해 주네."

"난 예전에도 말 잘 듣고, 얌전하고 귀여운 착한 아이였잖아."

"넌 말 안 듣고, 뛰어다니는 아이였지. 하지만 귀엽고 착하긴 했지."

이모는 회상에 잠기는 듯했다.

"그런데 서울에서 신기로 가는 날엔 늘 말썽이었어. 특히 기차 안에서. 한숨만 푹푹 쉬고, 네 한숨 때문에, 기차가 무거워서 바퀴도 제대로 안 돌았잖아. 간식을 먹자고 해도 말도 안 듣고, 집에 도착해서도 이모가 서울에 돌아가는 날까지 너는 삐쳐서 이모 얼굴도 안 보려 했잖아."

방학이 다 지나고 사흘 정도 남았을 때, 나는 다시 신기로 돌아가야 했다. 나는 내심 서울에서 학교에 다니길 원했지만 내색할 수 없었고, 이모가 그런 얘기를 부모님께 하기도 했지만, 아버지는 그것만은 반대했었다. 나는 매번 방학의 끝 무렵엔 신기로 가는 기차를 탔다. 그는 언제나 청량리역까지 함께 와주었다. 이모는 내 손을 잡고 함께 기차를 타고 신기까지 데려다주었다. 이틀 정도 머물다가 다음 방학에 보자면서 서울로 돌아갔다.

어느 때는 방학 끝자락에 이모 집에 들른 언니들과 함께 신기로 돌아가기도 했다. 그때도 그는 청량리역까지만 배웅해 주었다. 함께 신기까지 가 주길 원했지만 보챌 수 없었다. 이모가 정한 일이라 그도 어쩔 수 없었을 거다. 청량리역 대기실에서 기차를 기다릴 때는 늘 불안했다. 들이닥칠 헤어짐에, 그 뒤에 따라올 쓸쓸함과 그리움. 그리고 헤쳐 나가야 할 검은 시간들. 끝이 보이지 않는 터널 속 어둠들. 한숨만 쉬었다. 쉬고 싶어 쉬는 한숨이 아니라 나의 안쪽 어디선가 자연히 나오는 한숨에 괴로웠다. 내 마음속 모든 게 힘들었다.

어느 방학이 끝나가는 무렵, 내겐 또 불안이 찾아왔다. 헤어짐의 정체를 알고 싶었다. 정체를 알고 나면 좀 더 대처하기 나을 것 같았다. 나는 그의 등에 기대 물었다. 헤어짐이 무엇이냐고.

"어느 날 미의 여신 아프로디테는 자신의 신전에 사람이 오지 않는다는 걸 알았어."

라고 시작한 헤어짐에 관한 그의 이야기는 이렇다.

아프로디테는 딸인 히메로스를 불렀다. 자신의 신전에 갑자기 인간들의 발길이 뜸해진 이유가 궁금해서다. 위신상 직접 알아볼 수는 없었고 히메로스 정도라면 적당히 알아내서 자기에게 정보를 줄 수 있을 것 같았다.

사실 에로스와 히메로스는 아프로디테의 자식이 아니다. 최초의 혼돈, 카오스가 우연한 계기로 움직임이 시작되었을 때, 하나의 세계는 두 개로 나뉘었다. 원래 하나였던 게 둘로 나뉘면서 떨어져 나가는 것에 대한 그리움이 생겼고, 서로에 대한 사랑이 생겼다. 그리움은 히메로스고, 사랑은 에로스다.

우라노스와 가이아가 있기 전 태초의 신을 말할 때, 언급되는 건 쌍둥이 남매 에로스와 히메로스다.

에로스는 늘 아기처럼 날아다녔고, 개구쟁이의 얼굴을 하고 있어서 다른 신들은 이 쌍둥이를 아프로디테의 아이라고 믿었다. 에로스와 히메로스도 남들이 그렇게 믿는 게 오히려 더 편할 때가 많았다.

히메로스가 돌아와 아프로디테에게 남긴 말은 아프로디테의 자존심에 상처를 입혔다.

"신 중엔 아프로디테요, 인간 중에 프시케다. 그럼 그 둘 중엔 역시 프시케다."

인간 중에 아프로디테보다 더 아름다운 여인이 나타났다는 얘기였다. 인간들이 아프로디테의 신전에서 미에 대한 경배를 올리기보다 오히려 현실에 여인 프시케를 찾아가 경배를 올린다는 자존심 상하는 정보였다.

아프로디테는 친히 프시케를 찾았다.

프시케는 작은 왕국의 셋째 공주였다. 위로 언니가 둘이 있는데 언니 둘도 꽤 아름다웠으나 프시케를 보는 순간 깨달았다. 자신보다 더 아름다운 사람이 있구나. 깨달음 뒤에 질투와 분노가 생겼다. 아프로디테는 바로 올림포스의 거처로 돌아와 에로스를 찾았다.

아프로디테의 궁전 마당에는 샘터가 있었다. 그 샘물은 마시기엔 너무 썼다. 만약 그 물을 입술에 대면 누구의 사랑도 받을 수 없었다.

"언니 둘은 곧 결혼할 것 같고. 이 아이는 아직 결혼하기엔 이른 거 같은데, 네가 손을 써서 프시케를 괴물과 혼인하게 만들어 다오."

에로스는 재미있을 것 같았다. 미모에서 열등감을 느낀다. 이제껏 이런 모습을 에로스는 본 적이 없었다. 미의 여신 아프로디테가 이렇게 화를 내다니. 에로스는 프시케의 생김새가 궁금해졌다. 에로스는 아프로디테의 부탁을 듣고 샘물을 병에 담았다. 그리고 먼저 아폴론을 찾아갔다.

"언젠가 프시케라는 아이의 혼사에 대해 신탁이 들어온다면 '네 딸은 인간과 결혼할 운명이 아니다. 산에 버려두면 끔찍한 괴물이 나타나 남편이 될 것이다'라는 신탁을 내려 주길 바란다."

아폴론이 고개를 끄떡였다. 하지만 궁금했다. 왜 이런 부탁을 하는지. 프시케라는 인간이 신에게 어떤 잘못을 했기에 이런 신탁을 내려야 하는지 궁금했다.

에로스가 살짝 웃으며 아폴론에게 물었다.

"궁금해?"

"응."

"너무 아름다워서, 내 어머니 아프로디테가 질투를 느낄 만큼 아름다워서. 아름다운 게 죄라서."

아폴론도 에로스의 대답에 프시케의 생김새가 궁금해졌다. 에로스를 따라 함께 프시케를 찾아가기로 했다.

에로스와 아폴론의 계획은 간단했다. 먼저 프시케를 찾아가 입술에 샘물을 바른다. 여전히 많은 사람이 프시케의 아름다움을 노래하겠지만 프시케에게 사랑을 느끼진 못한다. 결국 청혼을 받지 못한 프시케. 프시케의 아버지는 신탁을 찾아갈 것이고, 미리 부탁한 대로 아폴론은 괴물과 결혼할 거라는 신탁을 내린다. 프시케의 아버지가 프시케를 산속에 버리면 적당한 괴물 하나를 찾아서 프시케와 괴물에게 황금 화살을 쏘아 서로 좋아하게 만들면 된다. 에로스의 황금 화살이 아프로디테의 쓴 샘물보다 강력해서 괴물이 화살을 맞는다면 그리고 프시케를 본다면, 프시케의 입술에 묻은 쓴 샘물과 관계없이 사랑에 빠질 거였다. 그러면 아프로디테의 소망은 이루어지는 셈이었다.

어려울 게 없는 계획이었다. 에로스와 아폴론이 프시케의 방에 도착했을 때, 프시케는 옆으로 누운 채 자고 있었다. 아폴론이 에로스를 도와 프시케의 얼굴을 에로스 쪽으로 돌렸다. 입술에 샘물을 발라야 했는데, 너무나 아름다운 프시케의 얼굴에 에로스는 넋을 잃었다. 아폴론도 프시케의 아름다움에 빠졌으나 오히려 에로스의 반응이 더 재미있다고 느꼈다.

에로스가 이성에게 이렇게 반한 모습을 아폴론도 처음 보았다. 아폴론은 에로스 뒤쪽으로 갔다. 에로스가 항상 들고 다니던 화살통에서 황금 화살 하나를 꺼냈다. 그때까지도 에로스는 프시케의 미모에 매료되어 아폴론이 자신의 물건을 훔치고 있다는 사실을 인지하지 못했다. 프시케의 입술에 샘물을 바르고, 에로스의 시선이 여전히 프시케에게 머물러 있을 때, 아폴론은 훔친 황금 화살로 에로스를 찔렀다.

"너에게 주는 선물이야."

에로스와 아폴론이 다녀간 후, 흉흉한 소문이 돌았다. 누구라도 프시케에게 청혼하거나 프시케와 결혼한다면, 아프로디테의 저주를 받게 된다는 소문이었다. 타르타로스의 무한감옥에서 영원한 시간 동안 불에 타는 고통을 겪게 된다는 저주.

그래서인지, 프시케의 아름다움을 칭송하는 사람은 많았지만, 프시케와 결혼하려는 사람은 없었다. 저주가 갖는 효과에다 프시케의 입술에 물든 샘물의 효과로 프시케의 귀에는 공허한 칭찬만 맴돌았다.

프시케도 결혼할 나이가 되었다. 왕은 고민에 빠졌다. 모두 아프로디테의 저주를 믿고 아무도 프시케에게 청혼하지 않으니 미칠 노릇이었다. 위로 두 언니는 비록 아름다운 편이라고 해도 프시케보다 못한 외모로도, 그럭저럭 괜찮은 귀족이나 왕족에게 시집을 갔는데, 더 예쁜 막내딸이 짝을 찾지 못하고 있으니 답답했다.

결국 왕은 에로스의 예상대로 델포이로 가 아폴론에게 신탁을 청했다.

"프시케는 괴물과 결혼할 운명이다. 이 또한 거부할 수 없는 것. 왕국의 산에 프시케를 가져다 버리면 괴물이 다가와 프시케를 아내로 삼을 것이다."

괴물과 결혼할 운명, 이보다 더 잔인한 말은 거부할 수 없다는 말이었다. 왕은 힘없이 다시 자신의 궁전으로 돌아갔다.

아폴론은 즉시 에로스에게 자신이 프시케의 신탁을 잘 처리했다고 알렸다.

에로스는 진작부터 알고 있었다. 자신의 화살에 찔리고 난 후, 매일같이 프시케의 곁을 머물며 바라보았기 때문이다. 더운 날엔 자신의 날개로 바람을 불어 주고, 추운 날엔 자신의 날개 위에 눕혀 잠을 재웠다. 혹시나 어머니 아프로디테가 알까 봐, 아무도 몰래 내려와 보이지 않는 모습을 하고 프시케를 지켜 주었다. 프시케도 모르게.

그러니 프시케의 아버지가 아폴론에게 신탁을 받으러 갔다는 사실쯤은 에로스도 알고 있었다.

왕은 궁에 돌아와 하인들에게 장례식 준비를 하라고 일렀다. 왕은 신탁의 의미를 프시케가 죽는다는 것으로 이해했다. 장례식 준비가 끝나자 상여에 프시케를 태워 산으로 갔다.

원래 계획대로라면 이제 에로스는 적당한 괴물을 찾아야 했다. 하지만 찾지 않았다. 자신이 괴물이 되는 길을 택했다. 아프로디테의 저주도 두렵지 않았다. 자신이 사랑하는 여인을 괴물에게 넘겨줄 수는 없었다. 자신이 괴물 역할을 잘해 내면 모두가 행복해질 수 있다고 생각했다. 하지만 결국엔 아프로디테를 속이는 일이었다.

에로스는 상여 속으로 들어가 프시케의 눈을 가렸다. 프시케는 아무것도 보이지 않았다. 허공에 떠서 어디론가 날아가는 느낌이었다. 어디로 얼마나 왔는지도 모를 곳에서 눈을 떴다.

부드러운 바람에 날려 온 느낌이었는데 그곳엔 이제까지 본 적 없는 궁전이 있었다. 궁전에선 말소리가 들렸다. 하지만 사람의 모습은 보이지 않았다. 말소리는 예의 바른 시종의 말소리였다. 목마르다고 하면 어느새 탁자 위에 물이 놓여 있었고, 배가 고프면 항상 신선한 먹을 것이 준비되어 있었다. 밤이 되면 남편이 궁전으로 찾아왔다. 남편이 오면 궁전의 모든 불빛이 꺼졌다. 하늘에 별도 보이지 않고, 달도 보이지 않았다. 그래서 남편의 모습을 제대로 볼 순 없었다. 하지만 괴물이라 하기엔 매끈한 피부를 자신의 손으로 느낄 수 있었다.

프시케는 낮에는 궁전에서 예전과 같이 공주처럼 지냈고, 밤에는 찾아오는 남편과 함께 행복한 생활을 했다. 비록 남편의 얼굴을 보진 못했지만, 괴물이 아니라는 데 만족했고, 남편 자신도 스스로 괴물이 아니라고 말했기에 프시케는 그 말을 믿었다. 비록 지금은 남편과 마주 볼 순 없지만, 언제가 때가 되면 태양이 떠 있는 시간에도 함께할 수 있을 거라는 남편의 말을 프시케는 믿었다.

시간이 지나면서 프시케는 걱정이 하나 생겼다. 자신은 이렇게 잘 지내고 사는데, 자신의 행방을 모르는 가족들, 그 가족들이 자신을 걱정하며 불행할까 봐 걱정이었다. 잘 지내고 있다는 소식을 전하고 싶었다. 자신을 걱정하게 하고 싶지 않았다. 프시케는 남편과 상의했다. 남편은 프시케의 두 언니를 궁전으로 초대해 며칠 머물게 했다.

오랜만에 만난 세 자매는 그동안의 일로 수다를 떨었다. 두 언니는 모두 프시케가 잘살고 있어 다행이라고 했지만, 목소리만 존재하는 궁전, 말로 모든 게 다 처리되는 궁전, 이곳의 안주인이 프시케라는 사실에 두 언니는 시기하고 질투했다.

이렇게 좋기만 할 리는 없다고 생각했다. 막내와 좀 더 많은 얘기를 나누면 뭔가 약점이나 안 좋은 얘기가 나올 것 같았고 그래야만 자신의 마음이 편해질 것 같았다. 언니 둘은 프시케를 다독이며 어르며 비밀을 알아냈다.

"아직 남편의 얼굴을 보지 못했어."

언니들은 신이 났다. 그렇지, 완벽한 건 없으니까.

"피부야 매끈하다지만 얼굴은 괴물일 수 있잖니. 신탁이 그렇게 말을 했는데, 설마 신탁이 거짓이겠니?"

언니들은 프시케의 마음을 흔들었다. 남편과 둘이 대화할 때는 남편의 말을 확신했는데, 이렇게 자꾸 흔들어 대니 프시케도 궁금증이 생겼다.

언니들이 집으로 돌아가면서 프시케에게 등잔과 단검을 주었다.

"어쩌면 남편은 괴물이고, 널 잡아먹으려는 건지도 모른다. 등잔에 불을 밝혀 얼굴을 보고 괴물이거든 단검으로 목을 베거라."

밤이 되자 남편이 돌아왔다. 모든 불이 꺼지고 남편이 피곤함에 잠을 이루는 소리가 들렸다. 프시케는 한 손에 단검을 들고 한 손에 등잔을 들었다. 자는 남편의 얼굴을 비추자 날개가 아름다운 미소년의 모습이었다. 프시케는 자신도 모르게 남편의 얼굴에 빠져들었다. 바로 에로스의 모습이었다. 잠시 넋을 잃고 에로스의 모습을 감상하다 등잔의 기름 한 방울이 에로스의 어깨에 떨어졌다. 에로스가 눈을 떴고, 역시 놀란 프시케는 단검을 놓쳐 에로스의 날개를 다치게 했다.

프시케는 빌며 사정했다. 에로스는 프시케의 말을 모두 듣고 실망감과 절망감에 사로잡혔다.

"어찌하여 나보다 다른 사람의 말을 더 믿을 수 있는가? 나는 나의 황금화살을 쓰지 않고, 네 마음을 얻으려 했을 뿐인데, 어머니의 저주가 가시길 바라며 너에게 나를 보여 주지 않았던 것인데, 이제 어머니 아프로디테의 분노는 어찌 막을 수 있을 것인가?"

에로스는 다친 날개를 움직여 하늘로 날아올랐다. 흐르는 눈물을 프시케에게 들키지 않으려 에로스는 아픈 날개를 힘차게 저어 하늘로 날았다.

에로스가 떠난 궁전은 곧 폐허가 되었다. 프시케는 다시 남편을 되찾고 싶었다. 발길 닿는 곳으로 가다 보면 올림포스에 도달한 것이란 생각에 열심히 걷고 또 걸었다. 프시케는 대지의 여신 데메테르의 신전에 도착했다. 신전은 정리되어 있지 않았고 어지럽혀져 있었다. 프시케는 신전을 정리하고 청소했다. 자신이 할 수 있는 최선을 다해 데메테르 신전에 정성을 다했다. 공주로 태어나서 아름다움을 칭송받던 삶. 결혼하고 에로스의 궁전에서 살면서 한 번도 험한 일을 해 보지 않은 프시케였지만 데메테르 신전에 정성을 다했다.

당시 데메테르는 딸을 찾고 있었다. 프시케는 남편을 찾게 해달라고 간청했다. 자신과 비슷한 처지라 생각해서인지 프시케에게 아프로디테를 만날 수 있는 신전을 알려 주었다. 프시케는 데메테르에게 감사의 인사를 전하고 아프로디테를 만날 수 있는 곳으로 다시 고행의 길을 걸었다.

날개를 다치고 온 에로스를 보자 아프로디테는 화가 났다. 비록 친자식은 아니지만 이미 오랫동안 그런 식으로 지내 왔기에 아프로디테는 다친 에로스를 보자 화가 났다. 게다가 에로스를 다치게 한 사람이 프시케라니. 또 괴물과 결혼시키라고 보내 놨더니 오히려 프시케와 결혼한 에로스를 보니 한심하기도 했다. 모든 게 엉망진창이었다.

에로스는 방에 틀어박혀 나오지 않았다. 언제나 밝은 표정으로 삶을 언제나 장난으로만 살던 아이가 저렇게 바뀌었으니 아프로디테의 마음이 좋을 리가 없었다. 넌 내 자식이니 네가 프시케와 결혼했다고 해서 타르타로스로 보내지 않겠다는 말로 위로도 했으나 에로스는 여전히 방에서 나올 생각이 없었다.

마침 프시케가 자신의 신전에 나타나자 아프로디테도 프시케를 찾았다.

“네 발로 여길 찾아오다니 염치가 없구나. 내 아들은 지금 마음의 상처를 입고 방에서 나오질 않는다. 어미인 내가 널 용서할 것 같으냐? 내가 무섭지 않더냐?”

“무섭습니다.”

“그럼 그냥 떠나라. 되돌아가라.”

"모두 아프로디테 님이 무서워 절 아내로 맞지 않았습니다. 단 한 명, 제 남편만이 저주에도 겁도 없이 저와 결혼해 주었습니다. 제 잘못으로 남편은 몸과 마음에 상처를 입었습니다. 이번엔 제가 남편을 찾을 때입니다. 아프로디테 님이 두려운 건 사실이나, 저도 두려움을 삼키며 이곳까지 왔습니다. 제 남편을 만나게 해 주십시오."

"네가 네 남편을 만날 자격이 있는지. 네가 살림을 할 자격이 있는지. 내 며느리가 될 자격이 있는지 시험해 보마."

아프로디테는 신전에 엎드린 프시케를 데리고 올림포스의 거처로 갔다. 커다란 헛간이 있었다. 아프로디테는 프시케에게 명했다.

"이곳에 곡식들이 모두 섞여서 비둘기에게 먹일 수가 없다. 모든 곡식을 종류별로 나누고 깨끗이 정리해서 비둘기가 먹을 수 있도록 만들어 놓아라."

아프로디테는 프시케에게 일을 맡기곤 다시 에로스의 방으로 갔다. 프시케가 겁도 없이 왔다고 말했다. 어쩌면 방 문을 열고 에로스가 나올까 봐. 하지만 에로스는 나오지 않았다.

프시케에겐 하루의 시간이 주어졌다. 하지만 헛간은 너무나 컸고, 헛간 안의 곡식은 너무 많았다. 하루 만에 이 많은 일을 한다는 건 도저히 불가능해 보였다. 프시케는 일단 일을 시작했다. 에로스를 만날 수 있는 유일한 끈인 이 일을 비록 절망적일지라도 해내고 싶었다.

어느덧 해가 지고 약속한 하루가 다 지날 때 즈음, 헛간에 개미 떼가 나타났다. 개미들이 곡식 낟알을 하나씩 옮겼다. 약속한 시각이 되자 아프로디테가 나타났다. 자신이 시킨 일이 완벽하게 되어 있다는 사실에 놀랐다.

"이 일을 너 혼자 했다고 믿지 않는다. 이번 일은 인정하지 않겠다."

아프로디테는 프시케를 데리고 올림포스 아래쪽 강변으로 갔다. 그곳엔 황금 털이 자라는 양이 살고 있었다.

"저기 양들의 몸에는 황금 털이 자란다. 하지만 성격이 난폭해서 사람 한 명쯤은 그냥 죽일 수 있다. 네가 가서 황금 털을 한 아름 가져오너라."

아프로디테가 프시케를 데리고 강변으로 간 이유는 죽으라는 거였다. 곧 죽을 운명이었기에 아프로디테는 프시케를 강변에 두고 혼자 거처로 돌아왔다.

프시케는 겁도 없이 양을 잡으려 했다. 양들은 호랑이 같은 이빨을 드러내며 프시케를 위협했다. 한 마리 양이 프시케 앞으로 천천히 다가오려 할 때, 강의 신이 그 앞을 막았다. 강의 신은 몸을 돌려 프시케에게 말했다.

"이 양들은 낮에는 포악하나 밤이 되면 모두 잡니다. 몸에서 황금 털이 자라다 보니 몸도 자주 가려워 여기저기 나뭇가지에 몸을 비벼서 자주 긁지요. 밤이 되면 어둠 속에서 나뭇가지에 걸린 황금 털들이 보일 겁니다."

프시케는 강의 신에게 감사의 인사를 했다. 역시 밤이 되자 양들은 잠이 들었고 강변의 나뭇가지 위에는 황금 털이 넘쳤다. 프시케는 황금 털 한 아름을 안았고, 마침 근처를 지나가던 제피로스의 도움으로 아프로디테의 거처까지 갈 수 있었다.

아프로디테는 살아 돌아온 프시케를 귀신 보듯 보았다.

"왜 대체 이렇게까지 하면서 내 아들 에로스를 만나려는 것이냐?"

"겁 없이 절 아내로 맞아 주었으니까요. 이번엔 제가 두려움 없이 찾아야 할 차례이니까요."

아프로디테는 올림포스의 여러 봉우리 중 한 봉우리를 가리켰다.

"저 봉우리 꼭대기에는 검은 샘물이 흐른다. 그 물을 한 병, 호리병에 담아 오너라."

프시케는 오기가 생겼다. 무슨 일이 있더라도 다시 자신의 남편을 되찾고 싶었다. 그리고 다시 찾은 기회에서 절대 다른 사람의 말은 듣지 않기로, 오로지 남편 에로스의 말만 믿기로 작정했다. 프시케는 호리병을 들고 봉우리를 올랐다. 경사가 급하고 절벽 아래를 내려다보면 현기증에 정신을 잃을 것만 같은 높이였다. 여자의 몸으로 그것도 곱게 자란 여자의 몸으로 오르기는 벅찼다. 하지만 자신에겐 목표가 있었다. 발목이 돌에 차이고, 손톱은 빠질 듯이 피가 나도 프시케는 봉우리로 올랐다.

봉우리에 다 올랐을 때, 프시케의 두 팔과 두 다리는 성하지 않았다. 상처투성이였고, 피범벅이었다.

샘물의 위치를 찾으려 두리번거렸다. 이내 샘물이 프시케의 눈에 들어왔다. 샘물을 향해서 첫걸음을 내딛으려 했을 때, 느닷없이 용이 나타나 샘물을 가로막았다. 봉우리에 오르기만 하면 그 고생만 하면 샘물을 얻을 수 있을 거로 생각했는데, 절망이 프시케를 깨웠다. 이것 역시 아프로디테의 죽으라는 명령이라고 생각했다. 이번 일을 완수한다고 해도 또 다른 핑계를 대며 에로스를 못 만나게 할 것 같았다.

프시케는 다시 고개를 들었다. 아무리 절망적이라도 에로스를 만나고 싶은 간절함은 이기지 못했다. 일단 용과 싸워서 이기자고 생각했다. 프시케가 돌을 손에 들고 용과 싸우려 했을 때, 독수리 한 마리가 날아와 프시케의 호리병을 낚아챘다. 또 다른 고난인가? 들고 있던 돌을 용이 아닌 독수리에게 던져야 하나? 독수리를 따라 시선이 움직였다. 독수리는 용을 피해 샘물을 호리병에 담았다. 이내 자신에게 돌아오더니 호리병에 뚜껑을 닫아 자신에게 돌려주었다, 그리고 자신의 옷을 채더니 날아올라 아프로디테의 처소로 데려다주었다.

아프로디테는 믿을 수가 없었다. 이렇게 계속 임무를 완수한다는 걸 믿을 수 없었다. 분명 누군가가 어느 신이 프시케를 돕고 있다는 건데…. 알 수는 없었다. 에로스는 마음이 아프다며 방 안에서 나오지도 않는데 누가 감히 자신의 저주를 겁 없이 상대하고 있는지 알 수 없었다. 머리가 복잡해진 아프로디테는 프시케에게 마지막 임무라며 페르세포네를 만나고 오라는 지시를 내렸다. 저승에 가서 페르세포네가 가지고 있는 죽음의 세계에만 존재하는 아름다움의 공기를 가져오라며 상자 하나를 주었다.

저승으로 가라. 인간이 저승에 갈 방법은 단 하나였다. 죽는 것.

프시케는 아프로디테의 처소에서 나와 꽤 높은 탑을 보았다. 탑으로 올랐다. 탑 위에 올라서니 눈물이 났다. 이제 죽음으로 에로스의 말을 믿지 않은 자신의 잘못을 갚아야 한다고 생각하니, 그리고 영원한 죽음의 시간 동안 다시는 에로스를 볼 수 없다고 생각하니 비참했다. 지난 추억들을 떠올렸다.

자신을 찾아온 사랑, 그 깨끗한 사랑을 떠올렸다. 자신의 가장 아름다운 추억들을 떠올리며 그 순간을 회상하며 탑에서 떨어져 죽으려 했다. 그러면 그 아름다운 순간, 에로스의 두려움 없는 사랑을 영원히 간직할 수 있을 거로 생각했다. 발을 박차고 탑에서 뛰어내리려는 순간, 탑 속의 누군가가 프시케를 불렀다.

잠시 고개를 뒤로 돌렸다. 처음 보는 돈과 처음 보는 간식거리가 놓여 있었다. 분명 아무도 없었지만 목소리가 들렸다. 에로스와 함께 생활했던 궁전의 시종들처럼 목소리만 존재했고 자신에게 친절했다. 목소리는 프시케에게 저승으로 가는 입구를 알려 주었다. 바로 자신이 올라온 탑의 지하층으로 가면 저승으로 가는 통로가 있다고 알려 주었다.

지하층으로 내려가는 동안에도 목소리는 계속 들렸다. 머리가 셋 달린 저승의 문지기 개가 있을 텐데 그에겐 간식을 줄 것. 이승과 저승을 가르는 스틱스강엔 카론이라는 뱃사공이 있을 테니, 그에겐 노자를 줘야 한다는 점. 페르세포네가 상자에 아름다움을 담아 주면 절대로 열어 보지 말고 곧장 아프로디테에게 가져다줄 것을 충고했다.

목소리의 말대로 저승의 입구에서 머리가 셋 달린 개 케르베로스를 만났다. 간식거리를 주고 그 틈에 통과했다. 스틱스강에 이르니 카론이 있어 삯을 주고 강을 건너 페르세포네를 만났다.

페르세포네가 상자를 들고 어디론가 가서는 다시 프시케에게 나타났다.

“여기 상자에 저승 세계의 아름다움을 담았다. 미의 여신이 너에게 열등감을 느끼더니 이곳의 아름다움까지 더하고 싶었나 보네.”

프시케는 상자를 들고 다시 탑을 통해 이승 세계로 나왔다.

프시케는 상자 안에 들었다는 저승 세계의 아름다움이 궁금해졌다. 자신에게도 효과가 있을까? 자신도 좀 더 아름다워질 수 있을까? 자신의 행동으로 마음에 상처를 입은 에로스도 좀 더 아름다워진 자신을 보면 용서해 주진 않을까? 프시케는 상자를 열었다.

상자 속에서 영혼을 잡아먹는 잠이 튀어나와 프시케를 감싸고 영원한 잠 속으로 안내했다.

에로스가 날아왔다. 활촉으로 프시케를 찔러 잠에서 깨웠다. 프시케의 코에서 나온 잠을 에로스가 다시 챙겨 상자 속에 가두었다.

"언니들의 말솜씨에 속아 호기심으로 내 마음에 상처를 내더니, 이젠 페르세포네의 말에 속아 상자를 열다니, 제발 네 호기심을 어떻게 좀 하자."

에로스는 프시케를 데리고 제우스를 찾아갔다.

아프로디테는 하늘을 나는 에로스를 보고 에로스의 방으로 찾아갔다. 분명 자신의 방에서 나오지도 않던 녀석이 멀쩡히 하늘을 활개 치고 다니니, 에로스의 방에 있던 날개 달린 녀석은 누군지 궁금했다. 누가 에로스를 대신해 방에서 한숨을 푹푹 쉬었는지 궁금했다. 아프로디테가 에로스의 방에 거의 도착했을 때, 방문이 열리는 걸 봤다. 그리고 그곳에서 에로스의 쌍둥이 누이 히메로스가 날개를 만지작거리며 나오는 모습을 보았다.

아프로디테는 분했지만 어쩔 수 없었다. 히메로스는 그저 에로스의 방에서 한숨만 쉬었고, 한 번씩 날개를 움직여 바람만 일으켰을 뿐이었다. 아프로디테가 자기 짐작으로 에로스라고 생각한 거지. 따지고 보면 히메로스가 자신을 속인 건 아니었다. 아프로디테는 머리를 가로저었다.

에로스는 제우스의 궁전에서 프시케를 안전한 방에 데려다 놓고, 제우스와 단둘이 이야기했다.

"프시케를 자네가 주관해서 신으로 만들어 주게."

제우스는 알고 있었다. 에로스가 천지창조 때부터 이미 존재했던 신이라는 사실을. 아레스와 아프로디테 사이에서 태어난 자신의 손자가 아니라 자신의 할아버지와 할머니를 맺어 준 태고의 신이라는 사실을. 이 사실이 감추어지면서 제우스는 몇 가지 이득을 얻고 있었다. 그래서 에로스의 부탁으로 프시케가 산봉우리의 검은 샘물을 얻으러 갈 때, 자신이 독수리를 시켜 도와주기도 했던 거였다.

"다시는 이런 부탁하지 않겠네. 신의 이름으로 스틱스강의 이름을 걸고 맹세하네. 그리고 히메로스도 신들의 일에 나서지 말고, 그저 아프로디테의 딸처럼 시녀처럼만 살라고 하겠네. 나도 작은 아기의 모습으로 아프로디테의 장난꾸러기 아들로만 살겠네."

사실 제우스로서도 나쁠 게 없는 조건이었다. 제우스는 몇몇 신들을 모아 놓고 프시케에게 넥타르를 주었다. 프시케는 넥타르를 마시고 인간에서 신이 되었다. 프시케의 등에선 나비 날개가 돋아났다. 프시케는 마음의 신이 되었다.

아프로디테 역시 프시케를 며느리로 인정할 수밖에 없었다. 제우스와 에로스가 스틱스강의 이름을 걸고 한 맹세에 아프로디테 역시 자유로울 수는 없었기 때문이다. 이름을 들어 알 수 있는 올림포스의 신 중에 자신의 부인만 사랑하고, 자신의 남편만 사랑한 유일한 부부는 에로스와 프시케 부부 밖엔 없다. 이들 사이에선 기쁨의 여신 헤도네가 태어났다.

나는 프시케의 입장이 되어 생각해 보았다. 프시케는 깊은 잠에 빠졌을 때, 에로스의 화살촉에 찔려 잠에서 깨어났지만, 그 전엔 화살에 찔린 적이 없었다. 그런데도 에로스를 향한 프시케의 겁 없는 사랑은, 그 근원은 무엇일까? 에로스의 먼저 한 사랑? 에로스의 빼어난 외모?

나는 그의 얼굴을 빤히 쳐다보았다. 내 영혼이 저 사람을 담은 이유는 무엇일까? 내 인연이 그와 닿은 이유는 무엇일까? 내가 먼저 그를 좋아했었다. 내가 먼저 한 사랑. 그리고 그리 잘생겼다 할 수 없는 그의 얼굴. 나는 쓴웃음이 나왔다. 그냥 내가 에로스의 황금 화살에 맞은 걸로 내 마음을 정리했다.

"헤어짐은 만남을 위해 이겨 내야 할 과정이야. 비록 프시케는 남의 말을 더 믿어 그 과정이 힘들었지만."

누군가를 사랑한다면, 그 사람의 말을 믿어야 한다. 그렇게 그 사람의 말로 확인만 하면 된다.

"걱정하지 마! 난 오빠 말만 믿을 거니까. 나도 언니가 둘인데 언니들이 하는 말, 내가 잘 안 믿어."

"뭐라고 하던데?"

"가끔 오빠가 잘생긴 거 같다고."

그는 내 머리를 쓰다듬었다. 자기 말만 믿겠다는 내 말을 자신도 믿겠다는 듯이.

중학교 1학년 여름방학이 끝나고 신기로 돌아가던 때였다. 청량리역 대기실에서, 그날도 나는 편안하지 못했다. 매번 겪는 일이었지만 적응할 수 없었다.

나는 그에게 기대어 있다가 다시 그의 손바닥을 펴고 그 손위에 내 얼굴을 얹었다. 따뜻한 손이었지만 그의 표정이 굳어 있었다. 평소에 보지 못한 그의 굳은 얼굴이 너무나 안쓰러웠다. 나도 모르게 내쉬는 내 한숨 때문인가 싶어 미안했다.

나는 다시 자세를 고쳐 잡았다. 내가 그의 얼굴을 보자. 그도 나와 눈을 맞추었다.

"내가 다시 올 거야. 계속 왔었으니까. 와야 하니까."

생각보다 큰 목소리가 나왔다. 그의 굳은 표정을 풀어 주고 싶어 씩씩한 모습을 보여 주려 한 거였는데, 약간은 큰 목소리였다. 내 목소리가 언니들이나 이모 귀에 안 들렸기를 바랐다, 이 사람 귀에만 내 목소리가 닿았기를. 내 진심을 이 사람 외엔 몰라야 하니까. 다른 사람이 알면 부끄러울 테니까.

그의 표정을 살폈다. 그의 표정이 조금 풀리고 조그만 미소가 돌았다.

"기다릴게. 기다릴 수 있으니까. 기다려야 하니까."

기왕에 크게 나와 버린 내 마음이 그의 귀에 닿았던 거다. 내 말투에 운율을 맞춰서 대답해 준 그의 마음도 내 귀에 닿았다. 차라리 잘 된 거였다.

그의 마음이 내 마음에도 닿았으니까. 내 마음도 열렸다. 기뻐서 행복했다. 내 목소리를 언니나 이모가 들었다 해도 혹은 세상 사람 모두가 들었다 해도 상관없었다. 부끄럽지 않을 것 같았다.

누군가 어린 여자아이가 잔망스럽다고 말해도 상관없을 것 같았다. 누구에게나 첫사랑은 있는 거고 내 인생의 축복은 조금 빨랐던 것뿐이니까. 아주 조금 특별한 것뿐이니까. 나를 기다리는 사람이 있다는 것, 이 사람이 날 기다린다는 건 축복이니까. 다시 온다고 말하는 것. 기다린다고 말하는 것. 그건 그보다 더 많은 의미가 있다는 걸 알 수 있는 나이였으니까.

다른 말은 하지 않았다. 올 것이라는 말. 기다릴 것이란 말이면 충분했으니까. 어린 시절의 나는 충분히 잔망스러웠으니까.

나는 그에게 안겨 그에 귀에 대고 속삭였다.

"프시케처럼 견디며 올게."

그는 그런 나를 안아 들고 기차 앞까지 데리고 가 내려놓았다.

"에로스처럼 아파도 기다릴게."

나는 오는 이였고, 그는 기다리는 이였다.

신기에 있는 동안 그와는 편지를 주고받았다. 전화를 걸기도 하고 다른 방법도 많았지만, 그가 손글씨로 쓴 편지를 받는 게 나는 좋았다. 편지를 한 통씩 받을 때마다 쌓여 가는 느낌이 좋았다. 풍성하게 쌓여 가는 징표 같은 게 좋았다. 편지 속에서도 나는 늘 질문을 했고, 그는 대답했다. 그의 편지가 도착하면 봉투를 뜯을 때의 설렘은 온 우주를 꽉 채웠다.

편지를 갖고 온 전령 헤르메스가 날개 달린 신발을 신고 구름 위에서 내려올 때부터 나는 신이 났다. 헤르메스는 입이 튀어나와 불만 많은 얼굴이었다.

"너희 그냥 전화 같은 거로 연락하면 안 되겠니? 내가 아버지 제우스 일로도 아주 바쁘거든. 내가 이런 종이 쪼가리나 전달해 주고 할 그럴 시간이 없어."

"고마워. 하지만 네가 가져온 건 종이 쪼가리가 아니라 이 엄청난 설렘이야. 보이니? 신이니까 보이겠지. 앞으로도 잘 부탁해."

우리는 우표 한 장으로 헤르메스를 소환해 편지 배달을 시켰다.

학기가 끝나가고 또 다른 방학이 시작될 무렵, 시험을 보기 전에 그에게 편지를 보냈다.

"곧 시험이 끝나면 방학이 될 거야. 내가 갈 거야. 계속 갔었으니까. 가고 싶으니까."

그리고 머지않아 그의 답장이 왔다. 역시나 내 운율에 맞춰서.

"기다리고 있어. 기다릴 수 있으니까. 기다려야 하니까."

나는 가는 사람이었고, 그는 기다리는 사람이었다.

월계수

"내가 왜 신기 가는 날 기분이 좋지 않았는지 이모는 몰랐어?"

"알았지."

"이모는 다 알고 있었구나."

이모는 외출준비를 했다. 아까부터 사람 냄새 좀 맡자고 하더니 날 데리고 나갈 모양이었다.

내 핸드폰이 울렸다. 엄마인가 했는데 그럼 받지 않으려 했는데, 작은언니의 전화였다.

"너 서울에 왔다며, 엄마가 알려 준 거야. 괜찮니?"

작은언니는 결혼해서 서울에서 산다. 이모가 사는 신림동과는 거리가 좀 있지만 그래도 40분 정도면 이모 집에 충분히 도착할 거리에 살고 있었다. 이모를 바꿔 달라기에 바꿔 줬더니 둘이 또 한참을 얘기했다.

"지금 여기로 올 거란다. 기다렸다가 선희가 도착하면 함께 나가 보자."

"응. 좋아."

중학교 1학년. 화려한 여름이 지나고 서글픈 가을이 시작되었던 어느 날, 마당에서 동생과 놀고 있던 그때, 집 안에서 두 언니의 대화 소리가 들렸다. 아마도 작은언니가 누군가를 좋아하게 된 모양이었다. 둘은 한 살 터울이라 마음속 얘기도 서로 나누는 사이였다. 난 그저 내 마음속에만 담아 두었는데, 나는 둘이 있는 방 쪽으로 가 몸을 기울이고 귀를 세웠다. 동생에겐 밖에 나가서 놀라는 손짓을 했다.

"아무것도 못 할 것 같고 자꾸 그 애만 생각나."

작은언니는 울 것처럼 말했지만 실제로 울지는 않았다. 아마 동갑내기 정도 되는 남자를 좋아하는 모양이었다. 다행이긴 한데 이런 문제는 나랑 상의했어야지, 저런 마음은 내가 잘 아는데.

"다 지나가는 순간이야. 1년만 지나도, 오늘의 네 마음을 돌아보면 우스웠다고 생각할 거야."

이럴 땐 위로를 해 줘야지 충고나 하면 어쩌지? 게다가 말이 안 되는 충고였다. 설렘은 1년이라는 시간으로는 빼낼 수 있는 게 아닌데. 나는 큰언니가 답답했다. 큰언니는 아직 첫 사람을 만나지 못한 거였다.

첫 설렘은 언제 찾아올지 모른다. 게다가 태어난 순서와도 상관없다. 제우스의 형제들이 태어난 순서와 다르게 자랐듯이 우리 세 자매도 태어난 역순으로 첫 사람을 만났다.

"지금 감정보다 더 중요한 걸 찾아봐. 그걸 찾으면 어지러운 네 맘이 정리될 거야."

겨우 한 살 더 많으면서 어른 같은 말을 했다. 저런 뜬구름 잡는 말이 작은언니에게 도움이 되지 않을 것은 뻔했다.

나는 마당에 놓인 의자에 앉아 혼자 말했다.

"내 감정보다 더 중요한 게 또 있을까? 없을 것 같은데."

옆에 있던 히메로스가 함께 고개를 끄떡였다.

"에로스를 시켜서, 너희 큰언니 가슴에 황금 화살을 쏠까?"

"아냐, 됐어. 사막 같은 삶, 조금 더 살게 그냥 내버려 둬."

그날 밤 자기 전 나는 그에게 편지를 썼다. 두 언니의 대화 내용을 간략히 적었고 감정보다 중요한 게 있는지 물었다. 편지를 봉투에 넣고 풀로 봉하고 우표를 붙였다. 내일 헤르메스를 불러 그에게 편지를 전달할 생각이었다.

자려고 누웠을 때, 작은언니가 뒤척였다. 지난여름 그의 노트를 보고 잠 못 자던 내가 떠올랐다. 나는 작은언니의 손을 잡았다. 그리고 귀에 대고 속삭였다.

"그냥 울어. 울고 나면 다음 날 다 괜찮아져."

그가 보낸 답장엔 감정보다 더 중요한 건 없다고 적혀 있었다.

"프시케와 사랑에 빠지던 날 에로스는 아폴론에게 황금 화살을 도둑질 당했어…."

라고 시작했던 그의 월계수에 관한 이야기는 이렇다.

에로스는 두고두고 그날 일이 분했다. 자신의 화살에 자신이 찔리고 프시케와 사랑에 빠졌다, 사랑에 빠진 게 억울한 건 아니었다. 아폴론의 행동과 태도가 심히 불쾌했다. 에로스를 사랑꾼이라고 놀리고 아폴론 자신은 뭔가 고귀한 걸 하는 특별한 존재인 양. 그 태도가 마음에 들지 않았다.

사실 자신은 난잡한 사랑꾼도 아니었다. 그저 다른 이들을 이어 줬을 뿐, 자신이 사랑한 건 그저 프시케밖에 없었다. 그러고 보니 아폴론은 첫사랑도 없었다. 매일 악기나 연주하고 시나 쓰면서 고상한 척, 사랑에 힘들어하는 인간이나 신을 보면 저급한 취급을 했었다.

프시케 사건이 처음도 아니었다. 아폴론이 거대한 뱀 피톤을 활로 물리치고 나서도 늘 에로스를 향해 활이란 이런 역사적인 사건에 써야 고귀한 거지 그냥 사랑놀이에 사용하는 건 저급한 거라며 으스댔었다. 에로스는 속으로 생각했다. 천지창조가 이루어지던 날 자신이 우라노스와 가이아 사이에 황금 화살을 쏘지 않았다면 너의 그 역사적인 활도 없었을 거라고. 제우스와의 약속이 있으니 일단 입은 닫았지만 건방진 아폴론의 버릇은 고쳐 주리라 생각하고 있었다.

기회는 의외로 쉽게 다가왔다. 오리온의 일로 뭔가 따질 게 있었던 에로스는 아르테미스를 찾았다. 예쁘지만 성격은 거칠었다. 아르테미스를 한마디로 정의하자면 '아름다운 미치광이'였다. 자신을 사랑해 구애했던 오리온을 죽여 하늘의 별자리로 만들어 버렸다.

아르테미스는 님프들과 함께 사냥을 즐겼는데 그 무리에 끼려면 우선 평생 처녀로 살겠다는 맹세를 해야 했다. 무리 지어 사냥하다 보니 가끔 무리 중에서 한 명씩 이탈하기도 했는데, 마침 다프네가 무리에서 좀 떨어져 있었다. 에로스가 다프네에게 시선을 줄 때, 그 뒤로 아르테미스를 찾아온 아폴론이 보였다. 에로스는 전속력으로 다가가 아폴론의 가슴에 활을 꽂았다. 그리고 아폴론이 정신을 차리기 전에 다프네 쪽으로 밀었다.

"너에게 주는 선물이야."

다프네는 자신의 무리를 찾기 위해 정신이 없었고, 아폴론의 존재를 눈치채지 못했다. 아폴론의 눈에 다프네가 들어왔다. 부드러운 턱선, 거칠지만 활기찬 머릿결, 그리고 시원하게 뻗은 두 다리와 두 팔이 너무나 아름다웠다. 나무 사이로 뛰어다니는 활력도 마음에 들었다. 다프네를 쫓아가려 마음먹었을 때, 나무 뒤에서 팔짱을 끼고 있는 에로스가 보였다. 당했다는 생각도 들었지만, 그저 다프네만 쫓아가고 싶었다. 그때서야 다프네는 아폴론의 존재를 느꼈다. 뒤에 무언가 있다는 느낌이 들었고 뒤를 돌아보려는데, 에로스의 납 화살이 다프네의 가슴에 박혔다.

다프네의 눈엔 건강한 청년 아폴론이 보이지 않았다. 너무나 보기 싫은 한 남자가 자신을 향해 달려오고 있었다. 다프네는 마음이 급해져 자신의 무리를 찾기 위해 더 빨리 달렸다. 아폴론은 다프네를 향해 소리쳤다. 나는 태양신 아폴론이고 당신을 사랑하게 되었노라고, 하지만 다프네는 달렸다. 아폴론이 저렇게 흉측할 거라곤 생각도 안 해 봤고, 비록 태양신이라고 해도 저런 존재와는 잠시라도 함께하고 싶지 않았다.

다프네는 자신의 긴 다리를 이용해 최대한 멀리 도망가고자 했으나 상대는 아폴론이었다. 점점 둘 사이의 거리는 좁혀졌다. 다프네는 간절히 자신의 아버지 강의 신 페네이오스에게 간청했다.

"저의 어떤 모습이 저 남자에게 좋게 보였는지. 저를 지금의 모습이 남지 않는 다른 모습이 되게 바꾸어 주세요."

아르테미스도 사냥 중에 다프네가 없는 걸 발견했다. 급하게 다프네를 찾았고 강 옆에 쓰러져 있는 다프네를 발견했다. 그 옆에는 한 사내가 서 있어 다프네에게 애절한 사랑을 얘기하고 있었다. 하지만 다프네의 다리는 더욱더 길게 뻗으며 땅속에 들어갔고, 고왔던 피부 위에는 두꺼운 껍질이 앉았다. 두 팔은 잎사귀가 생기며 나뭇가지로 변했고 어여뻤던 얼굴은 두꺼운 껍질 속으로 잠겨 버렸다.

그리고 서 있던 남자는 주저앉아 흐느껴 울었다. 다가가 보니 아폴론이었다. 그리고 그 뒤에는 에로스가 서 있었다. 무슨 상황인지 감이 왔다. 아폴론은 다프네가 변한 월계수 껍질을 따서 자신이 갖고 다니던 악기 리라를 장식했다.

"내가 싫어 이렇게 흉측하게 변한 너. 다시는 나를 떠나지 않게 하마."

아폴론은 월계수 잎을 따서 머리에 얹는 왕관을 만들었다.

"내 사랑의 실패자는 나이고, 네 사랑의 승리자는 너이니, 앞으로 모든 경기와 전쟁의 승리자에겐 너의 잎을 따서 만든 이 왕관을 씌우리라."

아폴론은 자리를 뜨며 에로스를 보고 말했다.

"내가 어리석었다, 사랑의 감정도 이렇게 찬란할 수 있다니."

나는 그의 이야기를 다 읽고 작은언니를 기다렸다. 학교에서 기분 좋은 일이 있었는지 언니는 웃으며 집으로 돌아오고 있었다. 나는 언니에게 기쁘게 다가가 함께 웃으며 손을 잡았다.

"수형이 무슨 좋은 일 있니? 편지 받았어?"

"아니 뭐, 그것보다도. 그냥 오늘 언니가 너무 찬란해 보여서."

배고픔과 위대한 사랑

작은언니가 이모 집에 도착했다. 전철을 타고 오느라 시간이 조금 더 걸렸다.

"어디 내 동생 수형이, 언니가 한번 안아 보자."

이제 나는 언니에게 들릴 수 있는 작은 아이가 아니었다. 그였다면 아마도 지금의 날 들어 올릴 수 있었겠지. 나는 작은언니에게 안겨 까치발을 들었다.

언니도 이모와 같은 얘기를 했다.

"서울로 전근은 못 오는 거니?"

"엄마도 있고, 아빠도 있으니까 나는 신기를 지켜야지."

"이렇게 효심이 깊은 막내딸이 방학이라고 서울로 도망 오셨어요?"

"이건 습관이고 여행이지. 언제나 방학 때면 이모 집에 왔었으니까."

이모는 우리를 데리고 밖으로 나갔다. 저녁은 밖에서 먹자고 했다. 나이가 드니 밥하는 것도 귀찮고 오랜만에 조카들이랑 외식이나 하자며 차에 시동을 걸었다, 그래봤자 이모는 신림동 밖으로 나가진 않는다.

식당에 도착해도 메뉴판이 눈에 들어오지 않았다. 벌써 6년째다. 난 메뉴판을 보지 않는다. 먹고 싶은 것도, 맛있는 것도 없다. 나는 애써 티 내지 않으려 언니가 보고 있는 메뉴판에 내 눈길도 함께 얹었다. 언니가 뭔가를 가리켰다.

"이게 좋겠어."

"나도 같은 걸로."

음식이 나오기 전에 나는 젓가락과 숟가락을 챙겨서 각자 자리에 얹어주었다. 언니는 나를 이리저리 살펴보았다.

"수형이 넌 왜 살이 안 찌니?"

"먹는 게 있어야 살이 찌지. 점심에도 밥을 차려 줬더니, 몇 번 먹고 말더라. 원래부터 수형이가 많이 먹는 애는 아니었잖아."

"그렇긴 한데, 내가 고2 때니까, 수형이가 중1 때, 가을이었는데 그때는 엄청나게 먹더라고."

언니는 나를 보며, 두 손을 자신의 얼굴에 가져다 대고는 설명을 이어갔다.

"얼굴이 이렇게 동글동글해져서. 너도 그때 기억나지. 거의 몸무게가 나만 했을걸."

나는 피식 웃었다. 기억이 났다. 뭘 먹어도 또 먹고 싶었던 때, 큰언니가 거울을 가져와 내 얼굴에 내밀었을 때, 그때서야 거울 속에 내 얼굴이 동글동글한 것도 아닌 땡글땡글한 정도라는 걸 알았다. 하지만 그때는 먹고 나면 배가 고파서 늘 먹을 걸 찾아다녔다.

"난 수형이 그런 모습 못 봤는데."

"천만다행으로 겨울이 되면서 키가 크더니 다시 홀쭉해진 거지."

"그렇구나. 어느 해 겨울방학에 수형이 데리러 갔더니, 가시나가 길게 늘어난 것처럼 커져 있었는데 그때였구나."

그 시절, 나는 마구 먹어 댔다. 아버지는 내가 크려고 그런다며 많이 먹는 걸 개의치 않았으나 특히 큰언니는 내가 꽤 염려스러웠던 모양이다. 어느 날 내게 손거울을 내밀었다.

"거기 거울 속에 굴러다니는 애 하나 보이지. 그게 너야. 보통의 남자들이 싫어하는 여자 스타일. 너야."

나는 고민 많은 얼굴로 큰언니를 쳐다보았다.

"내가 그렇게 살이 많이 쪘어? 난 잘 모르겠는데. 움직임도 가볍고."

"원래 찐 사람은 몰라. 주변 사람들이 보고 말해 줘서 아는 거지. 나도 쪄 봐서 알아."

사실 나도 느끼고는 있었다. 턱이랑 볼 주변으로 살이 많이 붙어 있었다. 먹는 걸 절제하려 했지만 그게 잘되지는 않았다. 정말로 먹어도 먹어도 계속 먹을 수 있을 것만 같았다. 배고픔의 여신 리모스도 옆에서 함께 먹었다. 누가 더 많이 먹을 수 있는지 둘이 경쟁을 하는 것처럼.

"아, 그리고 이모 집에 있는 오빠 말이야."

언니는 갑자기 생각난 것처럼 말을 꺼내고는 잠시 뜸을 들였다.

"잘생긴 것 같아. 요즘 자주 생각이 나는데, 괜히 내가 웃게 되네."

나는 멍해졌다. 뭐지 이 언니, 아니 이 여자. 그의 이야기를 서로 자주 꺼내기도 했지만, 이번엔 너무 뜬금없었다.

그날 그에게 편지를 썼다. 요즘은 모든 게 맛있다고, 세상에 맛없는 음식이 없는 거 같다고, 그리고 살이 쪄서 굴러다니는 여자, 어떻게 생각하는지 물었다.

"에리시크톤은 부유한 상인이었어. 돈이 많아서 거만했지."

라고 시작했던 그의 배고픔에 관한 이야기는 이렇다.

에리시크톤은 장사로 돈을 많이 벌었다. 재산이 모이자 에리시크톤은 거만해지고 자신을 신과 비교하기 시작했다.

신들도 알고 보면 한낱 장사치에 불과하다. 어쩌면 장사치보다 못할지도. 인간들은 노력해서 돈을 벌지만, 신이란 작자들은 가만히 앉아서 인간들이 바치는 제물이나 원하고, 그 제물로 부귀를 누리니 차라리 없어져야 할 존재이다. 신들은 인간이 내는 제물이 아니라면 게을러서 이미 모두 굶어 죽었을 거다. 모두 노력의 대가로 살아야 한다. 설사 그게 신일지라도.

생각이 여기까지 미치자 행동하는 데에는 그리 어렵지 않았다. 먼저 자신의 집 근처에 있던 데메테르의 숲을 싹 밀어 버려 인간들이 살기 좋은 터전을 만들려 했다. 인간이 살아야 신도 사는 거라며.

사실 이 숲은 에리시크톤의 소유지도 아니었다. 언젠가 누군가가 데메테르 여신에게 봉헌한 숲이었다. 엄밀히 따지자면 숲의 소유권자는 데메테르였다. 숲에는 데메테르 여신이 아끼던 나무 한 그루가 있었다. 그 나무에는 인간들이 데메테르 여신을 경배하며 바치는 화관이 있었고, 데메테르 여신이 아끼던 님프가 나무에 영혼을 엮어 지내고 있었다.

에리시크톤은 사람을 사 도끼로 숲의 나무를 마구 베어 내었다. 마침내 여신이 아끼던 나무까지 베어 내려고 했다.

그 나무만은 안 된다고 말리는 사람도 있었다. 이런 불경이 어떤 결과를 만들지 두렵지 않냐고.

"나는 여신을 본 적이 없어. 사람들이 이곳에 제물을 바치면 그게 누구 손에 들어갈지 어떻게 알겠나? 설사 이 나무가 여신이라고 해도 나는 이 나무를 베어 내 사람들의 터전으로 만들 거야. 신들도 거처가 없어져야 일이라는 걸 하겠지."

여신의 나무에 도끼가 찍혔다. 그리고 피가 흘렀다. 여신의 나무에 영혼을 엮었던 님프 하마드리아데스의 피였다.

숲이 사라지는 건 여신만의 문제가 아니었다. 숲에 살던 님프들의 터전도 함께 사라졌다. 님프들은 모여서 데메테르 여신을 찾았다. 인간들만 살자고 신과 님프의 거처가 모조리 잘려 나간 것에 데메테르가 분노했다. 데메테르는 배고픔의 여신 리모스를 불렀다. 명하길 에리시크톤을 찾아가 그의 음식에 피를 살짝 뿌리라고 했다.

그날 이후, 에리시크톤은 누를 수 없는 배고픔에 시달렸다. 리모스의 피가 섞인 음식을 먹고 채울 수 없는 허기를 느꼈다. 밤에 잠도 자지 않고 시종들을 시켜 음식을 만들라고 명령했고, 먹을수록 허기는 채워지지 않고 깊어져 갔다.

에리시크톤의 재산은 많은 듯했지만, 허기를 채우다 보니 어느새 남는 게 없었다. 집을 팔고 시종들을 팔아서 먹을 걸 사서 먹었다. 그래도 허기는 채워지지 않아서 자신의 팔을 먹고 다리를 먹었다. 모두 먹고 먹은 후에 남은 건 에리시크톤의 목소리뿐이었다. 목소리는 배고픈 다른 사람의 배로 들어가 계속 먹을 걸 달라고 졸랐다. 지금도 사람이 배가 고프면 에리시크톤의 목소리가 들어와 소리를 낸다. 꼬르륵.

그는 이어 위대한 사랑에 관한 이야기도 적어 주었다.

"키프로스엔 피그말리온이라는 조각가가 살고 있었어."

라고 시작했던 그의 위대한 사랑에 관한 이야기는 다음과 같다.

피그말리온은 현실에서 이상적인 여인을 만나지 못했다. 눈이 너무 높았던지 아무리 예쁘다고 소문난 여자도 그의 눈에는 추녀로 보였다. 사람들이 수군거리는 소리를 들었다. 피그말리온이 신의 저주를 받아서 어떤 여자라도 사랑할 수 없을 거라고 수군거렸다. 누군가는 그를 측은하게 여겼고, 누군가는 그를 저주받은 인간이라며 피해 다녔다.

피그말리온은 사람들의 말이 신경 쓰였다. 자신은 그저 자기 마음에 꼭 드는 사람을 만나지 못했던 것뿐인데, 저주받은 사람 취급당하는 것이 신경 쓰였다. 그런 소문 때문에 조각이 필요한 사람들이 자신에게 일거리를 주지 않는 건 더 큰 문제였다.

피그말리온은 자신이 생각하는 가장 아름다운 여인을 조각하기로 마음 먹었다. 머릿결과 피부, 그리고 눈과 코 모두 자신이 바라는 대로 자신이 영혼을 바쳐 사랑할 수 있는 모양대로 조각했다.

조각이 끝나고 자신의 여인을 보았다. 예상은 했었지만 아름다웠다. 생각보다 훨씬 더 아름다운 여인의 조각이 완성되었다. 자신도 어쩌면 신의 저주를 받아 누구도 사랑할 수 없을 거라고 생각한 적이 있었는데, 지금 보니 아니었다. 현실의 여인들이 너무나 추했던 거고. 자신의 안목이 높았던 거였다. 조각에 갈라테아라는 이름도 지어 주었다.

피그말리온은 갈라테아를 앉히고, 밖으로 나가 자신의 여인에게 가장 어울릴 옷을 샀다. 신발과 장신구도 사서 돌아와 조각에 입히고 신겼다. 밤에는 갈라테아의 옆에서 잤다. 밥을 먹을 때도 함께 먹었다. 바다에서 조개껍데기를 주워 목걸이를 만들고 갈라테아의 목에 걸어 주었다. 그러면 마치 조각도 좋아서 피그말리온에게 사랑한다고 말해 주는 것 같았다. 그래서 좋았다. 갈라테아 옆에서 떠나고 싶지 않았다.

언제나 어떤 일을 해도, 갈라테아가 우선이었다. 어느 날은 갈라테아에게 자신이 자라 온 이야기를 해 주고 자신의 꿈 이야기를 해 줬다. 아무 말 없이 자신의 말을 들어 주는 갈라테아가 좋았지만, 아무런 질문도 하지 않는 갈라테아가 섭섭하기도 했다. 그리고 그 섭섭함에 밤새 울기도 했다.

피그말리온은 갈라테아의 손을 잡고 미의 여신 아프로디테를 불렀다.

"미의 여신이여 여기 아름다운 조각, 저의 여인 갈라테아가 있습니다.

당신이 주관하는 아름다움을 그대로 좇아 만들었으니 이 여인의 조각에 생명을 불어넣어 주십시오."

아프로디테는 호기심이 생겼다. 세상 모든 여자를 마다하는 녀석이, 갑자기 좋아하는 여인이 생겼다고 하니 도대체 어떤 모양의 조각상일까? 하는 궁금증이었다. 아프로디테가 본 갈라테아는 정말 훌륭한 걸작이었다.

역시 저런 걸작은 생명이 있어야 할 것도 같고, 피그말리온이 이 아름다움의 영광을 자신에게 바치니 기특한 것도 같고, 저런 애절한 사랑은 이루어 줘야 할 것도 같고, 게다가 당시엔 프시케가 인간 중엔 프시케라며 사람들의 숭배를 받던 때라, 그 숭배도 좀 분산해야 할 것도 같았다.

아프로디테는 갈라테아의 코에 숨을 불어 넣었다. 창백했던 피부에 혈기가 돌았다. 딱딱했던 얼굴은 부드러워졌고 머리에 고정됐던 머릿결은 바람에 살랑이며 흔들렸다. 갈라테아에게 생명이 깃들었다.

"둘이 잘 살았겠지. 싸우지 않고, 아이도 있다는 얘기까지 들었는데, 그 이후의 얘기는 들은 게 없네. 무소식이 가장 좋은 소식일 수도 있으니까.

수형이 네가 아무리 먹고 아무리 둥글게 되어도, 나는 네게 어울릴 옷을 사고 신발을 사고 목걸이를 살게. 너에게 입히고, 신기고, 걸어 주면서 아프로디테에게 잘 말해 볼게. 이 아이는 신들에게 불경한 죄를 지었습니다. 부디 더 둥글게 통통하게 만들어 주세요. 저 외에는 누구도 이 아이를 좋아할 수 없게요."

나는 통쾌하게 웃었다. 나는 느꼈다. 이 사람의 불안감. 그게 통쾌해서 웃었다.

마당에 있는 의자에 나와 앉았다. 가을 햇살을 받고 싶었다. 큰언니가 옆에 와서 앉았다.

“너랑 제일 친하잖아. 오빠한테 내 안부 좀 전해줘. 이 언니는 동글하지 않잖아. 오빠가 날 좋아할 수도 있잖아. 오빠 여자친구는 있대?”

처음으로 한심하단 듯이 큰언니를 보았다.

“고3이 공부는 안 하냐? 오빠는 좋아하는 사람이 따로 있어. 동그란 사람 좋아한대.”

“나는 실업계거든. 나도 더 먹어야 하나? 살 좀 찌워야 할까? 오빠한테 잘 보이고 싶은데. 그런데, 세상에 동그란 사람을 좋아하는 사람이 어디 있니?”

보다 못한 작은언니가 마당에 나와 큰언니를 끌었다.

“그만해. 크려고 많이 먹는 거야. 더 먹고 더 크게 그냥 내버려 둬.”

황금 사과

이모와 작은언니, 나는 식당에서 나와 집으로 왔다. 주차장에 차를 주차하고 집 근처의 카페로 들어갔다. 역시 여자들이 모여 수다를 떨기엔 집보다 카페가 더 편했다. 작은언니는 아직 아이가 없고, 또 형부에게 이모 집에 간다고 했으니 오늘 하루 안 들어가도 된다고 했다. 그냥 쭉 나와 함께 있어 주겠다고 했다. 원한다면 방학 내내 이모 집에서 나와 함께 있어 주겠다고도 했다.

나는 미안해하지 말라고 얘기해 줬다. 언니가 자기의 첫사랑과 결혼한 게 나한테 미안한 일은 아니니까. 내가 아는 한에서 첫사랑과 결혼한 유일한 사람이다. 또, 내가 아는 한에서 가장 착한 사람이기도 하다. 그리고 가장 마음이 여린 사람이 나의 작은언니다. 착한 사람이 복 받는 건 현실에서나 신화에서나 진리다.

사실 언니에게 미안해할 사람은 나다. 내가 언니의 결혼식을 망쳤기 때문이다.

결혼식 날, 신부 화장이 다 끝나고 언니는 나를 찾았다.

"내가 결혼해서 미안하다. 수형아."

나는 웃어 보였다.

"언니가 오지랖이 너무 넓어. 괜찮아. 한 명쯤은 결혼 안 하고 살 수 있는 거지."

"아직도 그 생각에 변함이 없구나. 생각을 바꿀 순 없는 거니?"

언니는 결혼식이라 그랬는지 감정이 예민해져서 입을 굳게 닫으며 울 것처럼 말했다. 그런 언니를 보니 나도 감정이 복받쳤었다.

"나는 저승이 없다고 생각해. 사후세계 따위는 존재하지 않는다고, 그런데 만약에 있으면? 내가 결혼을 하고 자식을 낳고, 그렇게 죽어서 저승에 갔는데 오빠가 혼자 있으면 그 옆에 아무도 없을 텐데, 내가 그 옆에 설 수 없잖아. 그 자격이 안 되잖아. 내가 오빠 옆에 서 버리면 나와 결혼한 내 남편은? 나는 거기서 누굴 선택해야 하는 거야? 아마 저승에서도 난 죽고 싶을 거야. 난 그냥 혼자 살 거야."

결혼식에서 해선 안 될 말이었다. 축하해야 하는 자리에서.

언니는 갑자기 나를 안고 울었다.

"나는 네가 원하는 대로 살았으면 좋겠어. 하지만 행복해야 해."

언니는 울먹이면서 말을 제대로 하지 못했다. 방금 한 신부 화장이 엉망이 되었다. 불화의 여신 에리스가 옆에서 혀를 찼다.

"내가 황금 사과라도 한 번 더 던질까? 결혼식 망치는 데는 내가 최고라고 생각했는데, 수형이 네가 나보다 더 낫구나."

나는 에리스를 향하여 한 번 흘기고, 화장실로 갔다. 옆에 있는 화장사들이 급하게 언니의 화장을 고치느라 서둘렀다. 지금도 언니의 결혼식 사진을 보면 양쪽 눈 화장의 균형이 심하게 맞지 않는다. 화장실에서 나는 신들에게 빌었다. 내가 망친 언니의 결혼식이 더 큰 화로 번지지 않게 해 달라고 나는 간절히 빌었다.

"미인대회의 시작은 결혼식이었어."

라고 시작했던 그의 황금 사과에 관한 이야기는 이렇다.

바다에 사는 님프, 테티스의 결혼식이 열렸다. 신도 아니고 님프의 결혼식에 올림포스의 내로라하는 신들이 모두 모였다. 이유는 바로 제우스가 주관하는 결혼식이었기 때문이다. 제우스는 또 다른 신탁을 들었다. 만약 테티스가 위대한 신과 결혼한다면, 테티스의 아들이 제우스의 자리를 찬탈할 것이라는 예언이었다.

이번 예언을 해결하는 방법은 제우스의 처지에선 간단했다. 그렇다면 위대한 신이 아닌 인간과 테티스를 결혼시키면 될 것이니까. 그래서 찾아낸 게 인간 펠레우스였다. 테티스의 결혼을 만천하에 알리고 자신이 직접 주관했다. 그래야 어떠한 신도 테티스를 넘보지 못할 것이고, 테티스는 위대한 신의 아들을 낳지 않을 것이기 때문이었다. 그래야 자신의 왕좌도 굳건할 테고.

결혼 당사자들의 신분이 비록 낮았지만, 제우스의 눈치를 본 올림포스의 신들이 결혼식에 하객으로 참석했다. 풍성하고 화려한 결혼식이었지만, 참석자들에겐 따분했다. 불화의 여신 에리스도 결혼식에 참석하려 했지만, 결혼식엔 어울리지 않는다는 이유로 문 앞에서 거절당했다.

제우스는 이 결혼식이 무사히 잘 치러지길 바랐다. 그래야 화근이 사라지니까. 그래서 문지기에게 불화의 여신 에리스가 참석하려 한다면 문 앞에서 돌려보내라고 명령했었다.

에리스는 신부에게 줄 선물을 가져왔었다. 황금 사과였다. 갑자기 분한 마음이 생긴 에리스는 황금 사과에 '이 세상 가장 아름다운 여신에게'라는 문구를 쓰고 문지기에게 맡겼다. 문지기는 사과를 받아 들고 제우스에게 가져다주었다.

따분했던 결혼식에 갑자기 등장한 황금 사과는 작은 재밋거리가 되었다. 문지기가 들고 나타난 커다란 황금사과. 이때부터 하객들의 관심은 신랑, 신부가 아니고 황금 사과였다. 황금 사과가 제우스에게 배달되자 모두 호기심 어린 눈으로 제우스를 쳐다보았다.

제우스는 무심히 황금 사과에 적힌 문구를 읽었다.

"이 세상 가장 아름다운 여신에게."

하객으로 참석한 올림포스의 여신들이 모두 '그렇다면 나의 것이다'라는 생각을 했지만, 신의 세계에도 계급이 있어서, 하급 신들은 비록 자신의 사과라고 주장하고 싶었지만 그러지 못했다.

어느 정도의 지위와 세력이 있어야 그런 주장도 할 수 있는 거였다.

제우스는 황금 사과에 적힌 문구를 읽은 자신의 입을 때리고 싶었다.

생각 없이 읽고 났더니 아프로디테가 나섰다. 황금 사과를 자신에게 달라고 했다. 미의 여신, 자신이 아니라면 누가 그 사과의 주인이겠냐며 선수를 쳤다. 이에 헤라가 나섰다. 프시케에게도 밀렸던 아프로디테? 헤라는 코웃음을 쳤다. 비록 미의 여신은 아니나 올림포스에서 가장 아름다운 여신은 자신이라고 주장하며 사과의 소유권을 주장하고 나섰다. 둘의 주장을 어떻게 정리할까? 제우스의 머리가 복잡했는데, 이번엔 아테나가 나섰다. 가장 젊은 피. 아름다움은 역시 젊음이고 활력이다. 아테나가 제우스에게 사과를 달라며 졸랐다.

제우스는 입장이 곤란해졌다. 아프로디테는 자신의 며느리, 헤라는 자신의 아내, 아테나는 자신의 딸이었다. 마음 같아서는 아테나를 주고 싶었지만 다른 두 여신의 고집을 꺾자니, 그것도 문제였다.

고심 끝에 제우스는 이 고민을 다른 이에게 넘기고자 했다. 트로이의 왕자 파리스가 적당하다고 생각했다.

"세 명의 여신은 모두 나와 특수관계를 이루고 있어. 내가 공정하게 판단하지 못할 테니, 인간 세상의 왕자, 파리스가 마침 양을 키우며 살고 있으니 그에게 이 문제를 맡겨 보자."

지루했던 결혼식에 활기가 돌았다. 모두 테티스와 펠레우스엔 관심이 없었다. 테티스와 펠레우스 역시 사랑해서 결혼하는 사이는 아니어서, 그 둘도 황금 사과의 주인이 누가 될 것인가에 관심을 기울였다. 이젠 단순히 황금 사과의 주인공을 가리는 문제가 아닌 세 여신의 자존심 대결장이 되어 불꽃이 튀었다.

파리스가 무지개의 여신 이리스의 안내를 받아 결혼식장으로 들어왔다. 신들의 얘기를 들은 파리스는 자신이 현명하게 결정해 주겠다며 능청을 떨었다.

헤라가 파리스에게 살짝 접근했다.

"이봐, 나를 선택해 준다면, 이 세상 가장 위대한 권력을 주겠다. 누구에게도 빼앗기지 않는, 인간이 가질 수 있는 가장 완벽한 권력을 주겠다."

헤라가 파리스에게 접근하는 걸 본 아테나와 아프로디테도 틈을 타 파리스에게 손을 썼다.

아테나는 파리스에게 인간이 가질 수 있는 가장 뛰어난 지혜를 주기로 했다. 어느 전쟁에서도 이길 수 있는 지혜. 아프로디테는 인간 세상에서 가장 아름다운 여인을 주겠다는 약속을 했다.

파리스의 선택은 아프로디테였다.

제우스는 황금 사과를 아프로디테에게 주고, 자신은 곤란한 상황에서 빠져나왔다.

이후에 아프로디테는 파리스에게 헬레네를 보냈다. 문제는 머리가 좋지 않았던 아프로디테가 가장 아름다운 여인을 주겠다면서 말 그대로 가장 아름다운 여인을 파리스에게 보낸 게 문제였다. 당시 가장 아름다웠던 여인은 유부녀인 헬레네였고, 헬레네는 스파르타의 왕. 메넬라오스의 부인이었다.

졸지에 부인을 잃은 메넬라오스는 그리스의 모든 연합군에 통지문을 보내 트로이를 공격하자고 선동했다. 자신의 부인 헬레네가 트로이에 있다는 사실을 헤라와 아테나에게 들었기 때문이다. 부인을 찾기 위해 10년 동안 그리스 연합군과 트로이가 전쟁을 벌이는데, 이 전쟁이 트로이 목마로 유명한 트로이 전쟁이다.

나는 내가 망친 작은언니의 결혼식이 그냥 그 정도만, 작은 흠집 정도만 있는 결혼식으로 마무리되길 간청했다. 더는 다른 문제로 확대되지 않기를.

"오빠가 파리스라면 누굴 선택했을 것 같아."

"나도 아프로디테."

"뭐?"

내심 아테나를 선택하길 바랐는데, 그는 언제나 내게 아테나처럼 용기 있는 여자가 되길 바란다고 했으니까.

"돼지야! 예쁜 여자가 그렇게 좋냐?"

"아프로디테가 말해 준 사실이 있는데, 지금은 인간 중에 네가 젤 예쁘대. 나는 황금 수박도 줄 수 있어."

내가 그의 노트를 본 이후에 그는 자주 내게 자신을 보여 주었다. 그리고 난 그 말을 믿기만 하면 됐다.

겨울과 죽음

중학교 2학년 올라가는 겨울방학이었다. 그해 가을에 나는 키가 훌쩍 자라 버려 이모를 놀라게 했고, 그를 놀라게 했다. 여름엔 그의 어깨에도 내 키가 닿지 않았는데, 겨울에 다시 만났을 땐, 그의 코 아래까지 내 키가 자라 있었다. 편했다. 그를 바라볼 때, 너무 높이 올려보지 않아도 되었으니까.

몸이 큰 만큼 마음은 힘들었다. 나는 이모 집 2층 내 방에서 쭈그리고 앉아 있었다. 사춘기였다. 갑자기 모든 게 서글퍼졌다. 모든 게 의미 없다고 생각했다. 이유는 죽는다는 거였다. 죽는다는 것에 대해 심각하게 고민하고 있었다.

죽은 후에 어떻게 될까? 아무리 생각해도 죽은 후엔 태어나기 전의 상황으로 돌아가는 것 같았다. 그게 이치에 맞는다고 생각했다. 아무 느낌도 없고, 감각도 없고, 내 머릿속에 아무런 의식도 없는 상태. 시간의 흐름도 모르고 내가 사랑한 사람과 소통할 수 없는 상태. 정신이 어지럽고 혼미했다. 그렇다면 현재 삶의 모든 순간도 의미가 없다고 생각했다. 그래서 죽는다는 게 무섭고 두려웠다, 모든 인연과 끊어져야 한다는 것. 그게 가장 무서웠다.

내가 아래 거실로 내려가면 그가 그의 방에서 나올 것이고, 어쩌면 내가 자기 방에 들어오길 바라며 문을 열어 놨을 것이다. 그와 함께 늘 그렇게 장난치고 싶었는데, 그러면 또 무얼 하랴. 모든 게 의미 없이 곧 지워질 허상인 것을. 나는 모든 걸 통달한 신선처럼 헛웃음을 지었다. 공수래공수거. 한숨만 나왔다.

그가 내 방문을 두드렸다. 문을 좀 열어 놓을 걸. 후회했다. 문을 열자 그가 들어왔다. 노크. 예의를 갖춘 행동이었지만 예의는 벽을 만든다. 내가 그에게 벽을 친 것 같아 미안했다. 하지만 미안하면 또 무얼 할 건가? 죽으면 모두 지워지는걸.

"아침부터 안 보이더니, 겨우 방에서 한숨만 쉬는 거야?"

웃는 그의 얼굴도 좋게 보이지 않았다. 늘 고민 없는 얼굴을 하고 있을 때가 많아서, 어떨 땐 내가 누나 같고, 이 사람이 동생 같았다. 이모 말로는 내가 없을 때 이 사람, 표정 없는 사람이라고 했는데, 상상이 되지 않았다.

"오빠는 고민 같은 게 없는 사람 같아."

"나도 고민 많은데."

"죽으면 모든 걸 잃을 것 같아. 기억도 잃고 감각도 잃고 내가 지금 만나는 사람들과 소통도 할 수 없고. 의식이 없어서 시간의 흐름도 모르고. 그래서 내 삶의 모든 게 다 의미가 없는 것 같아. 죽음이 기다리니까. 나는 죽음으로 가고 있으니까. 그래서 무섭고 두려워, 다시는 영원히 깨지 못할 거니까. 이러면 어떻고 저러면 어떤가? 모두 지워질 텐데. 이런 걸 해탈이라고 하나? 너털웃음 한번 웃어야 하나?"

나는 그에게 내 손을 맡겼다. 이젠 네가 얘기해 보라고, 넌 이런 고민 같은 거 해 본 적 있냐는 식으로.

"예전에 성 밖에 아버지와 둘이 사는 예쁜 여자가 한 명 있었어."

라고 시작했던 죽음과 두려움에 관한 그의 이야기는 이렇다.

그 여자는 자신의 생활에 만족하며 살았다. 아버지와 둘이 함께 농사를 지으면서 적당히 세금을 내고 둘이 먹고사는 데 전혀 지장이 없었다. 겨울에는 봄부터 가을까지 준비해 뒀던 나무를 때며 적어도 집안에서는 따뜻한 겨울을 보낼 수 있었다. 그리고 다시 봄이 되면 싹이 트고 산에는 나물들이, 여름에는 열매들이 열리기 시작했고 가을엔 풍성한 시기를 맞을 수 있었다.

이런 인생이 계속되길 바랐다. 아무런 불만 없이 삶을 살고 있을 때, 성 안에서 젊은 영주가 성 밖을 살피러 나왔다. 밭에서 아버지와 함께 일하던 딸은 젊은 영주를 보았지만 자기 인생과는 상관없다고 생각했다. 하지만 젊은 영주의 생각은 달랐다. 젊은 여인의 건강한 모습이 맘에 들었고 자신도 마침 결혼해야 할 시기라 영주는 여인의 아버지를 찾았다.

아버지는 딸의 행복을 위해, 그만 고생시키고 싶어서 딸을 영주에게 시집보내기로 했다. 딸은 완강하게 반대했다. 이렇게 만족한 삶을 살고 있는데 한 번도 가 보지 않은 성안으로 들어가 살아야 한다니 두려웠다. 하지만 아버지와 젊은 영주의 의지를 꺾지는 못 했다.

결혼식에도 여자는 울었다. 가마에 타고 성안으로 들어올 때도 가마에서 내리지 않으려, 성안으로 들어가지 않으려 몸부림쳤다. 하지만 성안으로 들어올 수밖에 없었다. 성안에서 며칠을 울었다. 다시 예전의 생활로 돌아가고 싶었다.

한순간 여자는 느꼈다, 자신의 몸에서 땀 냄새가 나지 않는다는 걸. 매일 누군가가 와서 자신을 씻겨 주고, 음식을 해 주고, 편안히 쉴 잠자리도 마련해 줬다. 생각해 보니 계속 울고 있는 자신을 이해할 수 없었다. 성안의 생활이 성 밖의 생활보다 훨씬 편하고 안락했다.

그리고 다시 생각해 보니 우스웠다. 그렇게 성안에 들어오지 않으려고 발버둥 쳤던 자신이 우스웠다.

"죽음도 그런 거야. 우리가 모르니까 두려운 거지. 어쩌면 지금보다 더 안락할지도 몰라. 언젠가 우리가 죽고 나서, 그렇게도 안 죽으려고 했던 우리 자신이 우스울지도 몰라."

죽음 후엔 뭐가 있을지 모른다. 약간 마음이 놓이면서 안심이 됐다. 역시 위로가 되는 내 사람이군. 그가 내게 해 준 수많은 이야기 중 유일하게 신화가 아닌 이야기였다. 《장자(莊子)》에 나오는 얘기였다.

"오빠도 그렇게 믿어? 죽은 후의 생활이 지금의 삶보다 더 나을 수 있다고?"

"아니, 나도 너랑 같아. 아무것도 없을 것 같아. 하지만 있다면, 저승에 사후세계가 있고 우리가 또 거기서 살아가야 한다면, 쓸쓸하고 싶지 않아. 그래서 기억을 가져가고 싶어. 그리워할 게 있어야지. 아니면 그 그리운 사람과 함께이든가."

신화의 세계는 환생의 세계이다. 봄에 싹이 나고, 여름을 지나 가을에 죽고, 겨울을 지낸 후 다시 봄이 오듯이. 인간도 태어나고 자라고 죽은 후에 다시 환생한다. 다만 인간이 신과 다른 건 기억을 가질 수 없다는 거다. 인간은 스틱스강을 지날 때 뱃사공 카론의 배를 탄다. 그곳에서 머리를 감고 목욕을 한 후에 이승의 기억을 모두 지우고 다시 환생할 수 있다.

"나는 기억을 지워야 한다는 게 가장 슬퍼, 이번 생의 기억만은 꼭 가지고 싶어. 다른 생의 기억은 이미 필요 없어. 있다 해도 이미 지워졌으니 그 기억들은 다시 복원하고 싶지 않아. 다만 이번 생의 기억만은 꼭 지킬 거야. 이번 생이 끝나면 스틱스강에서 절대로 카론의 배를 타지 않겠어. 하데스를 만나게 해달라고 졸라야지. 내가 낼 수 있는 가장 큰 목소리를 내고, 내 목에서 피가 나도록 싸울 거야. 어떤 대가라도 내가 치를 수 있는 건 모두 치를 테니 매번 새로 태어날 때, 이번 생의 기억만은 지키게 해달라고 간절히 소원을 빌어 볼 거야."

"이번 생에 오빠는 좋은 기억만 있어."

"아니, 나쁜 기억도 많아. 모두 기억하고 싶지 않아. 한 가지 기억만 있으면 돼. 한 사람에 대한 기억만. 눈빛으로 나를 비춰주는 그 사람만."

나도 다짐했다. 한 사람의 기억만 갖겠다고. 나를 기다려 주는 그 사람의 기억만.

"어느 날 데메테르는 자신의 딸이 보이지 않는 걸 알았어."

라고 시작했던 겨울에 관한 이야기는 이렇다.

데메테르는 딸을 찾기 시작했다. 일단 딸을 찾는 데 전념하고자 다른 모든 일을 제쳐 두었다. 자신의 직분인 대지를 돌보는 일도 하지 않았다. 인간이 땅에 씨를 뿌려도 싹이 나지 않았다. 수확을 할 수 없었고 신에게 바칠 제물도 준비할 수 없었다. 인간들도 문제였지만 올림포스의 신들도 문제였다. 신들과 인간이 제우스를 찾아가 문제해결을 요구했지만, 제우스도 선뜻 나서기 쉽지 않았다. 이렇게 된 원인에 자신이 연관되어 있었기 때문이다.

지하 세계, 저승의 왕 하데스가 이승에 잠시 들렀을 때, 데메테르의 딸 페르세포네를 보고 반했다. 결혼하고 싶었다. 데메테르를 찾아가 승낙을 얻고 싶었지만, 거절할 게 분명했다. 자신은 이승의 존재가 아니고 저승의 존재이니까. 누가 지옥의 신에게 딸을 주고 싶을 건가.

하데스는 제우스를 찾아가 의논했다. 제우스는 의외로 하데스와 페르세포네의 결혼을 긍정적으로 바라보고 있었다. 제우스의 생각은 간단했다. 자신의 형 하데스. 비록 지하 체계의 지배자였지만 순수한 존재였고, 그가 지하에서 안정적으로 있어야 자신이 다스리는 이승이 제대로 돌아갈 수 있었기 때문이다. 누군가를 안정시키기엔 결혼만 한 게 또 없었다.

하지만 역시 데메테르가 문제였다. 유난히 딸을 아끼는 성정상 데메테르가 페르세포네를 지하 세계로 내려보낼 리는 만무했다.

"그냥 납치합시다. 어차피 지하 세계로 데려갈 거. 데메테르가 절대 찾을 수 없는 곳이니 납치가 좋겠습니다."

하데스는 뭔가 불편했지만, 자기 생각에도 가장 빠르고 효과적인 방법은 납치였다.

"페르세포네가 평소 꽃을 좋아해서, 꽃 보러 다니는 걸 좋아하니, 내가 지하 세계의 입구에 여신들이 좋아할 만한 꽃을 잔뜩 심어 놓고 여신들에게 소문을 내면 페르세포네도 그 꽃을 보러 갈 겁니다. 그때 형님이 페르세포네를 안아 들고 지하 세계로 가시면 될 겁니다."

아름답지는 않지만 완벽한 계획, 자신이 저승의 지배자라는 사실을 가장 적절히 이용할 수 있는 계획이었다. 저승의 입구에서 자신은 잠시만 나타나 페르세포네를 데려가면 누구도 자신의 범죄를 알 수 없는 완전 범죄의 계획이었다.

저승의 입구에 아름다운 꽃들이 피었다. 세상에서 보지 못한 색들의 꽃이 있다는 소문이 신들 사이에서 돌았다. 페르세포네도 그 꽃들을 구경하고 싶어 저승 입구로 갔다. 저승으로 들어가는 동굴 입구에서 하데스는 페르세포네가 자신과 최대한 가까운 위치로 오기를 기다렸다. 마치 굶주린 사자가 먹잇감을 기다리듯이. 제우스는 동굴 가까운 곳에 페르세포네가 좋아하는 노란색 꽃을 많이 심었다. 페르세포네는 노란 꽃에 홀린 듯이 저승의 입구 가까이 갔다. 그리고 햇살이 구름 사이로 잠시 나오는 사이 하데스는 페르세포네를 둘러업고 자신의 궁전, 지하 세계, 저승으로 갔다.

데메테르가 아무리 지상과 바다, 신들의 세계를 뒤져도 페르세포네는 나오지 않았다. 딸을 찾느라 모든 것을 포기했고, 자신의 신전마저 어지럽게 정리가 되지 않았다.

남편 에로스를 찾아 고행하던 프시케가 데메테르 신전을 청소하고 아프로디테가 현신하는 신전의 위치를 알아냈던 시기도 바로 이 시기이다.

대지의 가난이 계속되었다. 태양신 헬리오스만이 땅에 햇살을 뿌리며 축복했지만 대지는 말을 듣지 않았다. 보다 못한 헬리오스가 자신이 본 납치 장면을 알렸다. 하데스의 짓이라고. 데메테르는 당장 제우스를 찾아가 따졌다.

조금만 더 시간이 지나면, 데메테르가 딸을 잊고 다시 대지를 돌볼 것으로 생각했는데, 거의 그렇게 될 것으로 생각했는데, 그래서 신들이, 인간들이 불평해도 참았던 것인데, 헬리오스가 재를 뿌렸다고 생각했다.

제우스는 하데스를 불러 중재를 했다. 그만 페르세포네를 돌려주자고, 의외로 하데스는 흔쾌히 응했다. 뭔가 찜찜했지만, 원하는 대로 하겠다는데, 뭐라고 할 수는 없었다.

하데스는 처음 페르세포네를 납치해 온 날 스틱스강을 걸고 맹세했었다. 언젠가는 지상의 세계로 돌아가게 해 주겠다고. 그 약속이 있어서 페르세포네를 풀어 주었다. 다만 지하 세계에 온 이후로 아무것도 먹지 않고 초췌한 얼굴로 돌아가면 데메테르의 마음이 좋지 않을 테니 무엇이라도 조금 먹고 가라고 타일렀다. 페르세포네는 그 말을 듣고 지하 세계의 석류를 먹었다.

페르세포네가 돌아오자 데메테르는 다시 자신의 직분을 다했다. 대지에는 다시 싹이 피고 곡식이 열리고 열매가 맺혔다. 모두가 다시 예전처럼 만족하며 살 수 있다고 생각했을 때, 하데스가 딴지를 걸고 나섰다. 페르세포네가 지하 세계의 음식을 먹었다고 지하 세계의 음식을 먹은 자는 지하 세계에 속하니 다시 저승으로 가야 한다고 주장했다.

모두가 다시 난감해졌다. 그렇다면 다시 상심한 데메테르는 대지를 포기할 것이고, 신이나 인간이나 모두 빈곤해져야 했다. 데메테르는 하데스의 주장에 펄쩍 뛰었지만, 제우스, 하데스, 포세이돈이 세상을 삼분하며 맺었던 스틱스강의 맹세에는 대항할 수 없었다. 그저 제우스가 조금만 더 관대한 처분을 내려 주길 바랄 뿐이었다.

제우스는 신들을 모아 놓고 회의를 열었다. 일단 페르세포네가 지하 세계에 속한 신분임을 인정했다. 하지만 모두가 굶어 죽을 수는 없었다. 갑자기 많은 인간이 굶어 죽어 지하 세계로 간다면 하데스의 업무량도 늘어나는 것이니 하데스도 이를 원하지 않았다.

페르세포네에게 물어보니, 석류 세 알을 먹었다고 했다. 제우스는 1년 중 석 달은 페르세포네가 지하 세계에 머물러야 한다는 결정을 내렸다. 그 석 달 동안 데메테르는 늘 딸을 걱정하여 대지를 돌보지 않아 무엇도 자랄 수 없는 겨울이 시작되었다.

"그런데 페르세포네는 그 이후 언제나 저승에서 지낼 때가 많았어. 하데스가 무력으로 납치한 연분이었지만, 이후에 둘은 사이가 좋았어. 오히려 하데스 위에서 바가지 긁은 일도 많았어. 악연이 인연이 되기도 하나 봐."

"나도 바가지 긁고 싶어. 그게 좋은 인연이라면."

그렇게 겨울은 시작되었고, 겨울은 죽음을 상징한다. 나는 죽음 속에도 그를 기억할 방법이 있을까 고민했었다. 그 고민으로 나는 사춘기를 잘 넘길 수 있었다.

신의 다툼

카페에서, 많은 이야기를 나눈 우리 세 여자는 다시 집으로 돌아왔다. 이모는 내일 아침 찬거리를 준비한다며 시장으로 갔고 언니와 나는 2층 방으로 올라왔다. 언니는 외투를 벗어 옷걸이 걸었다. 목도리를 풀어 책상 위에 올렸다. 잠시 자신의 두 손으로 자신의 배를 어루만졌다.

"어제 병원에 갔었는데, 내 배 속에 네 조카가 있단다."

나는 기뻤다. 배를 만지며 행복해하는 언니를 보니, 내 기분은 더 좋았다. 결혼하고 형부가 직장을 서울로 옮기는 통에 직장도 그만두고 서울까지 온 거였는데. 서울에서 외롭지 않을까 걱정했었는데, 이렇게 맑은 얼굴을 보니 나도 좋았다. 언니는 언제나 늘 순하기만 해서 나는 철이 들고 커 가면서 작은언니 걱정이 많았다.

언젠가 그의 옆에 걱정의 신 데이모스가 있었다. 둘이 함께 앉아서는 작은언니를 물끄러미 쳐다보고 있었다. 나는 좀 떨어진 옆에서 그와 데이모스의 눈을 번갈아 가며 살폈다. 둘의 시선은 작은언니를 향하고 있었다. 그때 언니는 엎드려서 수첩에 뭔가를 적고 있었다. 나도 눈에 초점을 맞추고 언니를 응시했다. 우리의 시선을 느꼈는지 언니는 우리를 한 번씩 보더니, 수첩을 덮고 일어났다. 그와 데이모스는 다시 고개를 들어 계속 언니를 쳐다보았다. 나도 그 둘처럼 고개를 들었다.

"내, 내가 뭐?"

언니는 갑자기 늘어난 관심에 긴장한 듯 말했다. 언니의 코 왼편 위엔 작지만, 눈에 쉽게 띄는 흉터가 그때도 있었다. 긴장해서 그런지 그 흉터가 더 커 보였다.

"수형이 너까지 왜 이래?"

내 행동엔 별다른 이유는 없었다. 그와 데이모스가 언니를 쳐다보자. 난 그저 따라 한 것뿐이었다.

작은언니와 그의 사이는 나름 괜찮았다. 서로 대화도 많았고 오가는 물건도 많았다. 큰언니와 그의 사이는 그냥 좋은 사이였다. 어색했지만 좋은 사이. 딱 그 사이였다. 아마도 그건 나의 영향이었을 거다. 내가 느끼는 나와 두 언니의 사이가 그랬다. 작은언니와는 한없이 좋았고, 큰언니와는 한 다리 더 건너에 있는 느낌.

"선희, 너 수첩에다 걱정거리 잔뜩 적었지?"

작은언니의 눈이 흔들렸다. 나는 이거 재미있겠다 싶어 그의 옆으로 자리를 옮겼다.

말이 없던 걱정의 신 데이모스가 나섰다.

"거봐. 얘는 쓸데없는 걱정이 너무 많은 아이라니까."

언니가 오리발을 내밀었다.

"난 걱정이 없는데."

난 이때 알았다. 이 언니 거짓말하는구나.

그는 언니가 손에 쥔 수첩을 가리키며 말했다.

"수첩 겉에 걱정 수첩이라고 적혀 있는데."

나는 눈을 키우고 수첩의 겉면을 살폈다. 언니도 놀란 눈으로 수첩을 확인했다. 겉에는 아무것도 적혀 있지 않았다. 안심하는 표정도 잠시 언니는 미간을 찌푸렸다. 놀리지 말라는 듯.

"넌 사람을 너무 잘 믿어."

그의 손짓에 언니는 일어섰던 몸을 굽혀 다시 우리 앞에 앉았다.

"선희야 지금부터 내가, 네 인생에서 꼭 필요한 고견을 말해 줄 테니, 잘 듣고 가슴에 새긴 다음, 그대로 실천하며 살길 바란다."

언니는 들을 준비가 다 됐다는 듯 그를 보았다.

"일단 수첩에 적힌 너의 걱정거리를 선영이에게 보여 줘."

선영이는 내 큰언니 이름이다.

"그럼 선영이가 걱정할 필요가 없는 걸 지워 줄 거야. 그럼 남는 건 진짜 걱정거리니까 해결책을 찾아야지. 걱정거리마다 여러 해결책을 적은 다음 수형이에게 보여 줘. 그러면 수형이가 선택해 주거나 더 나은 해결책을 제시할 거야. 그럼 그대로 하면 돼. 이게 네가 살 길이야."

언니는 고개를 숙였다.

"내가 그렇게 한심한가?"

"아니야. 네가 한심한 게 아니고, 세상이 한심한 거야. 넌 세상을 너무 선하게 보는 게 문제야. 너무 착한 게 문제거든. 하지만 하늘이 너를 도와 너에게 선물을 둘 줬는데, 하나는 현명한 선영이고 또 하나는 영악한 수형이야. 네가 이 두 사람을 착하게 만들었고, 그 대가로 이 둘은 널 지켜 줄 거야."

언니는 왜 설득된 건지. 고개를 끄떡이고 있었다.

"그리고 나는 지킬 사람이 따로 있거든, 내가 너까지는 신경 써 주지 못할 것 같아 미안하다."

언니는 나를 한 번 보고, 그에게 말했다.

"그 사람을 잘 지켜 줘."

"그리고 선희 너는 꿈부터 정해 봐. 하고 싶은 일, 되고 싶은 사람."

그가 작은언니에게 말했고 나는 둘의 대화에 끼어들었다.

"오빠는 언제 선생님이 되려는 꿈을 정했어?"

"나는 중학교 3학년 때."

"왜?"

"선생님이 되면 방학이 있으니까."

"방학이 되면 쉴 수 있으니까?"

"아니, 방학이 되면 내 기다림이 끝나, 울지 않아도 돼."

그때는 그 말의 뜻을 정확히 알지 못했다. 하지만 나도 그를 따라 교사가 되려는 꿈을 꾸었다. 방학이 있으니까. 그래야 어른이 되어서도 그와 계속 만날 수 있을 것 같아서.

"수형이 넌 꿈이 뭐니?"

작은언니와 그가 동시에 물었다.

"난 꿈이 있는데, 아직 비밀이야. 언젠가 그 꿈이 이루어지는 날 내가 말할게."

언니는 자기 배를 만지며 말을 이었다.

"두 달이 좀 넘었어. 이 아이가 태어나면 네가 날 걱정했듯이 이 아이도 지켜 줘."

"그래, 영악한 내가 최선을 다할게."

"그리고 아기 장갑은 네가 사 줬으면 좋겠어."

중학교 2학년에 올라가던 겨울방학 때, 우리 세 자매의 키는 모두 고만고만해졌다.

큰언니는 실업계 고등학교를 졸업하고 서울에서 직장을 잡겠다며 이모 집에 머물렀다. 우리 중에서 가장 공부를 잘했던 작은언니는 고등학교 3학년에 올라갔다. 그냥 신기에서 공부나 하겠다는 걸 이모가 고3이니까 서울에 좋은 학원에 보내 주겠다고 설득해서 역시 이모 집에 머물렀다. 깍두기였던 나는 방학이니까, 찬란한 방학이니까 이모 집에 머물렀다.

우리 셋은 모두 2층 방에서 지냈다. 이모부는 딸 셋이 모두 모여서 좋다고 했다. 특히 밥 먹을 때 북적거리니 밥을 많이 먹게 된다고. 살이 쪄서 좋다고.

그는 새벽에 아르바이트를 한다며 나갔고, 점심시간 전에 들어왔었다. 그가 들어오는 시간엔 나와 이모가 집에 있었다. 큰언니는 고등학교 선배들이 다니는 직장에 견학 간다며 낮에는 집에 없었고, 작은언니는 학원에 다녔으니까, 저녁에만 집에 있었다. 나도 오전에 피아노를 배우러 다니긴 했는데 그다지 흥미는 없었다. 오전 9시에 시작해서 11시에 마치면 얼른 집으로 돌아와 그를 기다렸다.

이모부가 영어나 수학 같은 것도 배우라고 했지만 싫다고 했다. 그에게 배우는 게 낫고 그와 시간을 보내는 게 난 더 좋았다. 방학이 길지 않다는 걸 알고 있었고, 서울에 있는 시간이 너무 아까워 어떻게든 그와 있고 싶었다. 그가 오전에 나가지 않았다면 나 역시 피아노 같은 건 배우지 않았을 거다. 어차피 신기에 돌아가면 집에 피아노는 없었다. 따로 더 연습도 못 할 테니 배우는 게 큰 의미가 있는 것 같진 않았다.

나는 식탁 위에 아무 책이나 펼쳐 놓고, 현관문을 응시하며 그를 기다릴 때가 많았다. 어느 날 그가 작고 예쁜 상자 하나를 내게 내밀었다. 반지인가? 그러기엔 상자가 좀 컸다. 목걸이인가? 청혼받기엔 내가 아직 어린데. 갑자기 이런 생각을 하니 부끄러웠다.

장갑이었다. 진한 자주색의 가죽 장갑. 껴 보니 내 손에 딱 맞았다. 내 손을 그렇게 만지더니 내 손 크기를 정확히 아는 거였다. 장갑을 사면서 내 손을 떠올렸을 거다. 그렇게 생각하니 그가 기특하게 여겨졌다.

“요즘 아침에 너무 춥더라. 학원 갈 때 끼고 가. 피아노 배우려면 손부터 지켜야지.”

"가죽도 부드럽고, 돈 좀 썼겠는데."

나는 장갑이 너무 맘에 들어 그날 밤 품에 꼭 안고 잤다.

다음 날 아침 장갑이 보이지 않았다. 지키지 못했다. 방을 아무리 뒤져도 장갑이 나오지 않았다. 분명 내가 어제 꼭 안고 잤는데 장갑이 보이지 않아서 울고 싶었다. 그가 준 선물인데. 이모에게 물어보고 싶었지만, 이모는 장갑을 본 적도 없었다. 분명 나보다 일찍 일어나서 나간 큰언니 짓이라고 생각했다.

피아노 학원에서도 우울했다. 피아노를 치고 있는 내 손이 너무 시리고 곱아서, 울 것 같았다.

집으로 돌아왔다. 그도 돌아왔다. 나는 그를 제대로 볼 수 없었다. '오늘 장갑을 끼고 나가서 너무 따뜻해서 좋았어'라는 말을 해 주고 싶었는데, 거짓말이라 하지 않았다. 그 말을 해 줘야 그도 기뻐할 텐데, 선물을 줬으면 그 정도 말은 들어야 하는 건데. 나는 일단 내색하지 않고 그를 지켰다. 평소처럼 아무 일 없듯이.

오후 4시가 좀 넘어가자 큰언니가 들어왔다. 헤르메스가 옆에서 언니를 가리켰다. 신들의 전령이자 도둑들의 수호신.

"나도 저기 네 큰언니라고 생각해."

나는 우선 언니의 손을 보았다. 손에는 장갑이 없었다. 분명 현관문 앞에서 장갑을 벗고 들어와선, 방 안에다 살짝 넣어 둘 것 같았다. 그래야 자기가 가져갔다는 증거가 사라질 테니까. 나는 숨긴 증거를 찾으려 언니의 외투 주머니에 손을 넣었다. 나의 돌발 행동에 약간은 놀라는 것 같았다.

"수형아 왜 그래?"

"다 알고 있으니까 내놔. 어디다 숨겼어?"

그때 방 안에 있던 그가 열린 방문 틈으로 우리를 보는 시선이 느껴졌다. 내가 장갑을 지키지 못했다는 사실을 알까 봐, 나는 언니를 당겼다.

"일단 위로 올라가자."

방에서 실랑이가 시작됐다. 하지만 결론이 나지 않았다. 내가 아무리 뒤져도, 가방까지 뒤졌지만, 장갑은 나오지 않았다.

"혹시 밖에 나갔다가 잃어버리고 온 거 아니야?"

"아닌데! 장갑은 본 적도 없는데. 게다가 난 장갑 끼는 거 싫어해. 답답하잖아."

"그럼 옷은 왜 입냐?"

순진하게 웃는 모습에서 알 수 있었다. 큰언니는 아니구나.

나는 다시 거실로 내려와 소파에 앉았다. 곧이어 언니도 내려와 내 옆에 앉았다.

"넌 내 겨울 외투 입고 잘만 나갔잖아."

다툼이 시작되었다. 전쟁이.

"언니가 먼저 내 양말을 신고 나갔잖아."

거실에서 다투긴 싫었다. 그는 항상 자신의 방문을 조금 열어 놓았으니까, 그 틈으로 우리가 하는 말을 모두 들을 테니까. 하지만 자리를 피하긴 싫었다. 자존심 싸움이니까.

"내가 선물 받은 모자를 항상 네가 쓰고 다녔잖아."

이야기가 이렇게 진행되면 내가 불리한 다툼이었다. 나중에 자란 내가 언니들 물건을 더 많이 맘대로 쓰고 다닌 건 사실이기 때문이다. 하나하나 따지면 내겐 유리할 게 없었다. 뭔가 반전이 필요했다.

"그래도 난 잃어버리진 않았어."

아닌지 알면서도 억지를 썼다.

언니는 기가 막힌다는 표정을 지었다.

"장갑은 내가 아니다."

그는 이미 내용 파악을 했을 것이다. 어쩌면 지키지 못한 나한테 실망했을 수도. 그렇게 생각하니 내가 너무 초라해졌다.

그때 작은언니가 들어왔다. 나는 작은언니에게 안기며 큰언니의 만행을 고발했다. 내 말을 듣던 작은언니는 가방을 내려놓고 장갑, 그 진한 자주색 장갑을 벗었다.

"이 장갑이니?"

나는 크게 눈을 뜨고 작은언니를 보았다. 언니는 귀엽다는 표정으로 나를 보았다.

"응. 이 장갑이 왜?"

"아침에 일어나니까, 내 머리맡에 있어서 누군가 나한테 선물한 거로 생각했지. 그렇지 않아도 누가 준 건지 물어보려 했는데 원래는 네 거였구나."

"아, 아니야. 내가 언니 준 거 맞아."

자기 머리맡에 있어서 선물이라 생각한 순진한 언니, 그 언니의 마음에 돌을 던지긴 싫었다.

내가 자면서, 뒤척이면서 장갑을 계속 안고 있지 못했던 거였다. 그리고 장갑은 작은언니 머리맡으로 가서 밤을 보냈던 거였다. 그냥 책상 위에 고이 올려 둘 걸 하는 후회도 했다.

큰언니는 더욱 당당해졌다.

"선희야. 내가 너 때문에 억울한 누명을 쓰고, 두 시간이나 수형이한테 달달 볶였다."

이모가 거실 주방에서 소리쳤다.

"어서 와서 밥 먹어 이것들아."

나는 옆에 있던 헤르메스를 흘겨보았다.

'큰언니라며?'

"나는 도둑들의 수호신이니까, 당연히 거짓 정보를 줘야지."

그가 방에서 나와 우리 셋을 지나쳐 식탁으로 가서 앉았다. 그의 표정을 살폈다. 그리 나빠 보이지 않았다. 다행이었다. 작은언니가 손을 씻고 나와 식탁에 앉았다. 그는 젓가락으로 음식을 집으며 말했다.

"선희는 수형이를 바라볼 때, 동생을 보는 눈빛이 아닌 거 같아."

나는 속으로 쾌재를 불렀다. 이제 그가 나를 대신해 작은언니를 혼내줄 것 같아서. 나는 작은언니의 눈을 보면 화를 낼 수 없었는데, 모든 게 금방 풀렸는데, 그는 할 수 있을 것 같았다. 자신이 내게 준 선물을 작은언니가 가져갔으니 당연히 혼을 내야지. 게다가 그의 뒤에는 승리의 여신 니케가 당당히 버티고 있었다. 이건 그가 이기는 싸움이었다.

"눈빛, 시선이 문제야."

이제 피의 보복이 시작되는구나.

"네가 그렇게 사랑스러운 눈빛으로 수형이를 보니까, 애가 하고 싶은 말이 있어도 못하고, 꾹 참고, 언제나 지잖아."

듣다 보니까 칭찬 같이 들렸다. 보복이 아니었나? 혼내는 게 아니었나?

"어느 때는 네가 수형이 엄마 같아. 네가 수형이를 바라보는 시선, 네가 수형이한테 대하는 자세나 행동을 보면, 너한테 반말하는 내가 죄송스럽기도 하고."

그는 작은언니 쪽으로 몸을 기울이며 물었다.

"수형이 어머니세요?"

작은언니는 몸을 뒤로 물리며 고개를 저었다. 그리고 웃었다.

"네 살 때, 내가 수형이를 낳았겠어?"

승리는 작은언니의 몫이었다. 그도 선희 언니를 이기지 못했다. 부드러움은 강함을 이긴다.

그의 뒤에 서 있던 니케가 쑥스러운 표정으로 작은언니 뒤에 와서 섰다.

"나도 선희, 너의 그런 눈빛, 수형이 볼 때의 다정한 시선을 배우고 싶은데."

큰언니가 나섰다.

"오빠는 배우지 않아도 돼. 이미 있는 걸 뭐 하러 또 배워?"

이모도 나섰다.

"난 아들이 한 명인데, 사실은 두 명인 것 같아. 한 명은 말도 없고 표정도 없고 무뚝뚝한 데다 좀처럼 얼굴 보기도 힘든 자식이고, 또 한 명은 말도 잘하고, 늘 웃고, 농담도 잘하고 언제나 집에만 박혀 있어 얼굴도 자주 볼 수 있어. 난 두 번째 녀석이 좋은데, 이 녀석은 꼭 수형이가 있어야 나타나."

이모는 언제나 그를 아들이라고 불렀다.

그는 고개를 숙이고 남은 밥을 먹었다. 그도 부끄러웠을까?

저녁 식사 후에 그는 나를 데리고 외출을 했다. 버스를 탔을 때, 그에게 물었다.

"다른 형제자매들도 물건 때문에 서로 다투고 싸울까?"

괜히 물었다고 생각했다. 이 사람은 지금 혼자인데, 그냥 내 기분에 그의 기분은 상관없이 질문을 던진 것 같았다.

"아테나와 아레스는 남매지만 사이가 좋지 않았어. 앙숙이었어."

라고 시작했던 신의 다툼에 관한 이야기는 이렇다.

황금 사과 사건이 터진 얼마 후, 그러니까 헬레네가 트로이의 왕자 파리스에게 보내진 이후, 그리스 연합군과 트로이는 전쟁을 시작했다. 전쟁의 기미가 보이자 제우스는 신들에게 인간의 전쟁에 관여하지 말라는 엄명을 내렸다. 하지만 이해관계가 얽혀 있었던 신들은 뒤로 보이지 않게 트로이 전쟁에 관여하고 있었다.

파리스에게 황금 사과를 받았던 아프로디테는 트로이 편에, 황금 사과를 받지 못했던 아테나와 헤라는 그리스 연합군 편에 섰다. 아프로디테의 연인 아레스는 당연하다는 듯이 트로이 편에 섰다. 그리고 남매의 다툼이 시작되었다.

이 둘은 생각이 매우 달랐다. 모두 전쟁의 신이긴 하지만, 아레스는 전쟁이란 무력을 동원해 한 번에 휩쓸어 버리는 거라고, 아테나는 전쟁이란 정확한 상황 판단으로 상대의 무력을 이용해 작전을 세우고 승리를 거두는 거로 생각했다. 당연히 이 둘의 다툼은 언제나 아테나의 승리로 끝났다.

트로이 전쟁 초기 아레스를 등에 업은 트로이 쪽이 유리한 상황이었다. 아레스는 마차를 타고 트로이 군대를 지휘하면서 그리스 군대를 휩쓸고 다녔다.

격분한 아테나는 그리스의 장군 디오메데스를 불러 그의 창에 자신의 기를 불어넣고, 승리의 여신 니케를 시켜 디오메데스와 함께 참전시켰다. 인간의 전쟁에 관여하지 말라는 아버지 제우스의 엄포 때문에 잠시 자신은 뒤로 물러나 있었던 것인데, 뇌는 없고 근육만 있는 아레스가 제우스의 뜻을 헤아리지 못하고 트로이의 군복을 입고 마차를 몰면서 전쟁의 상황을 그리스 쪽에 불리하게 만들고 있었다.

아테나 자신은 일단 한 발 빠졌지만, 디오메데스에게 니케를 붙여 주었다. 니케는 아레스를 알아볼 수 있으니, 인간인 척 전쟁에 참전하고 있는 아레스를 끌어낼 수 있을 거라고 생각했다. 아레스만 트로이 진영에서 빠진다면 그리스에 유리할 거고, 자신을 외면한 파리스에겐 복수를, 앙숙 아레스에겐 굴욕을 줄 수 있을 거로 생각했다.

아테나의 생각은 옳았다. 트로이 군대 속에 섞인 아레스를 니케가 발견하고 디오메데스는 아테나의 기가 서린 창을 던져 아레스의 허벅지에 명중시켰다.

신은 인간의 창을 맞아도 아무런 영향을 받지 않는다. 아레스는 자신이 영리하다고 생각했다. 제우스의 명으로 신들은 이 전쟁에 참여하지 못할 거고, 자신은 인간 분장을 하고 있으니 아무도 모를 거라고 생각했다.

하지만 아레스의 생각은 거기까지였다. 이렇게 일방적으로 트로이가 그리스를 이기는 데 아무도 눈치채지 못할 리가 없었다. 그리고 상대가 지혜까지 갖춘 전쟁의 신 아테나라면. 적당히 이기고 있었어야지.

창이 자신의 허벅지를 향해 날아올 때, 아레스가 못 본 것은 아니었다. 그저 인간의 창이려니 하고 애써 피하지는 않았다. 허벅지에 닿은 창은 살을 가르고 날카롭게 파고들었다. 허공으로 피가 터졌다. 아레스는 너무 놀라, 너무 아파서 마차에서 떨어졌다. 이건 인간의 짓이 아니다. 신의 짓이다. 이런 짓을 할 만한 신은 아테나밖에 없었다. 아레스는 아테나가 전쟁에 참여한 건 제우스의 경고를 무시한 불경한 짓이라며 바로 올림포스로 가 아버지 제우스에게 고했다. 허벅지에선 피를 철철 흘리며 제우스를 찾았다. 자신 역시 인간의 전쟁에 참여하다 상처를 입었다는 사실은 이미 까맣게 잊고 있었다.

"아테나가 인간의 전쟁에 참여해서 제게 창을 던져 이렇게 상처를 입었습니다."

제우스가 측은하게 아레스를 보았다. 어리석게 보였다. 이런 면 때문에 제우스는 아레스를 그리 좋아하지 않았다. 오히려 아테나를 아꼈다. 반대로 아레스가 아테나에게 같은 상처를 입혔다면 아테나는 제우스에게 와 고발 같은 건 하지 않았을 것이다. 그런데도 제우스가 그 사실을 알았다면 아레스는 비록 신이지만 제우스에게 죽었을 수도 있다.

"그럼 넌 어디서, 뭘 하다가 아테나에게 창을 맞았느냐?"

아레스는 당황했다. 자신이 뭘 한 게 중요한 게 아니고, 아테나가 인간의 전쟁에 참여했다는 사실을 제우스가 아는 게 중요했는데, 그래서 아테나가 적절한 처벌을 받는 게 중요했는데 근육만 있고 뇌가 부족했던 아레스는 말을 더듬었다.

"저도 아테나와 함께 처벌해 주십시오."

제우스는 아레스의 이런 행동이 못마땅했다. 겨우 이런 게 자기 자식이라 생각하니 열불이 치밀었다. 그렇다고 해서 아레스를 처벌할 수도 없었다. 아레스를 처벌하면 금쪽같은 딸 아테나도 역시 처벌받아야 공평했으니까.

"인간의 전쟁이 너무 시간을 끌고 있어, 그렇지 않아도 신들이 전쟁에 참여하도록 허락할 생각이었다. 너도 다시 참여하고 싶다면 참여하도록 하여라. 처벌 같은 건 없다."

아레스는 미소를 머금었다. 다시 아테나를 찾아 전쟁터에서 공개적으로 싸울 수 있다고 생각했다. 하지만 제우스의 생각은 달랐다. 저런 멍청한 녀석을 아테나가 제대로 한 방 더 먹이길 바랐다.

제우스의 공식 입장이 허용으로 바뀌자 신들이 하나둘 참전했다. 특히 아레스는 트로이 편에 서면서 자기 아들들도 모두 참전시켰다. 한 명이라도 더 있어야 승리 확률이 올라갈 테니. 아테나는 승리의 여신 니케를 동반했다.

지루했던 전쟁에 활기가 돌았다. 아레스는 전장에서 아테나를 찾았다. 완전히 무장한 아름다운 여신. 땀 흘리며 전장을 누비는 모습이, 그 활력이 예쁘다고 느꼈다. 하지만 원수는 원수. 아테나의 모습을 보니 아레스의 허벅지는 더 아픈 것 같았다. 창에 당했으니 그대로 갚아 주마. 아레스는 아테나가 다른 곳을 보는 사이 창을 던졌다. 창이 아레스의 손을 채 떠나기 전에 아테나는 창을 보았고, 아레스의 눈을 보았다. 잠시 당황했을 뿐인데, 아테나의 눈이 참 맑다고 생각했을 뿐인데, 아레스는 아테나가 던진 바위산에 깔리고 말았다.

이 장면을 올림포스에서 내려다보던 제우스는 통쾌하게 웃었다.

전쟁은 그렇게 그리스의 승리로 끝났다. 남매의 다툼도 그렇게 누나의 승리로 끝났다.

버스가 백화점 앞에 도착하자 그는 나를 데리고 내렸다. 백화점에 들어가자 2층으로 올라갔다. 이미 한 번 와 본 듯이. 그가 나를 데리고 간 곳엔 장갑이 있었다. 진한 자주색 장갑도 그곳에 있었다. 그는 똑같은 장갑 두 켤레를 더 샀다. 포장을 부탁하고 내게 건네주었다.

"내가 생각이 짧아서 한 켤레만 샀었어. 너와 둘만 자주 있어서 습관이 돼서. 네 생각만 했었나 봐."

굳이 이럴 필요까지는 없을 것 같았는데, 가격표를 보니 생각보다 비쌌는데.

"새것이니까 하나는 네가 쓰고, 하나는 선영한테 선물해, 어젯밤처럼, 선희에게 선물한 것처럼."

우리는 백화점 근처에 있는 공원에 들렀다. 겨울밤이라 그런지 사람이 많이 없었다. 바람은 차지 않았고 그의 손은 따뜻했다. 나는 그의 손을 잡았고, 그는 내 손을 그의 외투 주머니에 함께 넣었다. 우리는 한참 동안 공원을 걸으면서 이야기했고 잘 시간이 거의 다 됐을 때야 집에 돌아왔다.

"저희 왔어요."

우리는 집으로 들어오면서 안방에다 대고 소리쳤다. 이모와 이모부는 함께 텔레비전을 보고 있다가 우리를 확인하고는 얼른 가서 자라고 대답했다.

그는 방에 들어가서 문을 닫았다. 낮에는 항상 열어 두는 문을 잘 때는 꼭 닫고 잤다. 거실 소파에는 작은언니가 공부하고 있었다. 큰언니는 2층 방에 있을 테지. 나는 새 장갑이 든 상자 하나를 작은언니에게 내밀었다. 언니는 상자를 열어 장갑을 확인했다.

"또 주는 거야?"

"아니. 바꾸는 거야."

나는 2층 방으로 언니를 데리고 가 언니 외투 주머니에 있던 장갑을 꺼내서 다시 껴 보았다. 다른 새 장갑 하나는 큰언니 머리맡에 두었다. 그는 내게 새 장갑을 가지라고 했지만 그러긴 싫었다. 새 장갑을 살 때 그는 나의 손을 생각하지 않았으니까. 그저 똑같은 장갑을 사려고만 했었으니까. 난 내 손에 다시 온 장갑이 더 좋다고 느꼈다. 하루 더 오래된 장갑, 그는 내 손을 상상하며 나를 생각하며 이 장갑을 샀을 테니까.

자려고 누웠을 때, 제피로스가 보였다.

"넌 요즘도 우리 형이랑 사이가 안 좋니?"

제피로스가 말하는 자기 형이란 보레아스다. 북풍, 겨울바람의 신. 그러고 보니 요즘 들어 보이지 않았다.

"안 좋아. 요즘 들어 못 봤어."

"형은 오늘 공원에서 널 봤다던데. 널 보니 화가 나서 네 등에다 커다란 고드름을 몇 개를 박아 넣었는데 네가 아무 반응도 없었다며."

"잘못 봤겠지."

"아무 반응이 없다면서 널 걱정하더라고. 그래서 내가 와 본 거야."

"보레아스가 내 걱정을?"

난 그저 서울이 신기보다 고도가 낮아서 덜 추운 거라고 생각했었다.

하르모니아

나는 언니 앞에 무릎으로 서서 내 조카가 있는 언니 배를 만졌다.

"이 아이 장갑은 내가 꼭 사 줄게. 진한 자주색으로, 아들이든 딸이든 진한 자주색으로 사 줄 거야."

언니와 나는 손을 마주 잡고 앉았다.

"난 어릴 때부터 네가 내 동생인 게 너무 좋았어. 넌 나보다 용감하고, 무슨 행동을 할지 몰랐어. 다음엔 어떤 일로 날 놀라게 할까? 늘 기대하게 만드는 동생이었어."

"내가?"

"응, 넌 감정을 숨기지 않고 그대로 표현해서 부러웠어. 기쁜 일이 있으면 마당을 방방 뛰어다니고, 그럼 나도 같이 즐겁고."

언니 말을 되새겨 보았다. '감정을 숨기지 않는다' 나는 갑자기 이모가 했던 말이 떠올라서 궁금했다.

'언니들한테도 물어봐. 다들 알면서 모른 척한 거니까'

"내가 오빠 좋아하는 거 언제 알았어?"

"네가 오빠 처음 만났을 때, 네가 겨울방학이 끝나고 신기로 오더니 봄부터 여름까지 오빠 얘기만 했잖아. 그리고 여름에 내가 잠시 이모 집에 왔을 때, 확신했지. 내 동생이 짝을 만났구나. 좀 이르긴 하지만 역시 내 동생은 남달라서 좋다고 생각했었어."

"티가 좀 났을까?"

"많이 났지. 온종일 오빠 방에서 기대고, 때리고, 매달리고. 누가 봐도 좋아하는 거였어. 그걸 받아 주는 오빠도 대단하다고 생각했는데, 좋아하니까 받아 주는 거지. 하지만 놀라지 않았어. 예상했던 거니까."

모두 내가 감정에 충실하다, 투명하다 했지만 나도 나대로 후회는 있다.

다시 돌아간다면, 그때로 다시 돌아간다면, 난 좀 더 내 감정을 드러내고 싶다. 감추고 하지 않은 말, 숨기고 하지 않은 행동들. 남의 시선을 신경 쓰며 아꼈던 느낌들. 부끄러움이라 포장했던 의도하지 않은 표현들. 상처를 만들었던 말들. 나는 경험이 없어서, 서툴러서, 처음이어서 그에게 나를 모두 보여 주지 못했다. 그래도 나를 아꼈던 그 사람. 다시 그 순수함 속으로 돌아가고 싶어 미칠 것 같다.

이제야 그가 내게 했던 말을 이해할 수 있다. 세상에서 가장 슬픈 단어는 '아쉬움'이다. 세상에서 가장 고통스러운 말은 '후회'이다.

"그래도 내가 제일 놀라고 부러웠던 건, 여름방학이 시작될 즘에 너랑 둘이 있을 때였는데, 네가 갑자기 이런 말을 하는 거야. 신이 보인다고."

그날이 나도 떠올랐다. 더워서 그랬는지. 다소 몽환적인 기분이었던 날. 서울에서 그와 처음 만난 겨울방학, 그 따스한 겨울이 지나고 신기에 쓸쓸한 여름이 한창이던 그날.

"언니, 나 신이 보여."

그때 언니는 내가 무당이나 된 줄 알고 깜짝 놀랐었다.

"귀신이 보이면 어쩌니? 무섭지 않아?"

"올림포스의 신들이야. 무섭지 않아. 모두 나에게 친절해."

"네가 보는 세상이 달라졌구나. 나랑 같은 세상을 보는데 너는 더 신비롭게 볼 수 있구나. 부럽다. 그 오빠라는 사람, 네가 좋아하는 사람이니까, 나도 한번 만나고 싶다."

"좋아한다고 얘기 안 했는데."

"안 했니? 했잖아."

그 이후에 나는 누구에게도 신이 보인다고 말하지 않았다. 작은언니와 작은 비밀이 생겼다.

큰언니를 쫓아다니던 남자가 있었다.

큰언니는 몇 군데 직장을 견학 다니더니, 출판사에 취업했다. 큰 회사에 갈 수도 있다고 큰소리치더니 왜 갑자기 출판사인지. 실습 기간이 있었지만 사실상 취업이나 다름없다고 했다. 이모는 먹여 주고 재워 줄 테니 이모 집에서 살라고 했다. 그래야 생활비 아낀다고, 돈 모아서 좋은 데 시집갈 때까지 아끼며 살라고. 큰언니는 좋다고 했다. 나는 그런 언니가 부러웠다. 언제나 서울에 있으면서 매일 그의 얼굴을 볼 수 있을 테니까.

언젠가부터 이모 집 근처에 밤만 되면 한 남자가 서성였다. 작은언니도 독서실에서 돌아올 때, 보았고. 나도 동네 가게에 심부름 갔다 오면 그 남자가 보였다. 물론 나의 그 사람도 그 남자의 존재를 알고 있었다.

우리 셋은 식탁에 모여 궁리했다. 도대체 어떤 남자길래 남의 집 앞에서 서성일까?

우리는 창의 커튼을 살짝 열고 대문 밖 그 남자의 존재를 확인했다.

선희 언니가 슬쩍 말을 꺼냈다.

"오빠가 가서 한번 물어봐. 왜 자꾸 여기서 서성이냐고?"

"그런데 내가 나타나면 피하더라고."

"여기 우리 셋이랑 관계가 없다면 분명 선영이 언니랑 관계가 있는 남자로군."

나는 호기심이 생겼다. 가서 그 남자에게 물어보고 싶었다. 도대체 우리 언니가 얼마나 좋으면 거의 매일, 밤마다 여길 와서 서성이느냐, 도대체 어디가 그렇게 좋은 거냐?

우리는 결론을 내렸다. 큰언니가 오는 시간에 맞춰 마당에 나가 기다리기로. 역시 남의 사랑 얘기는 훔쳐보는 게 더 재밌는 거였다. 우리는 현관문을 열고 마당으로 나갔다. 그리고 계단에 옹기종기 앉았다. 역시나 그 남자는 길 맞은편 담벼락에 서서 대문을 응시했고, 사람들이 오갈 때마다 큰언니인지 확인하는 것 같았다. 대문이 닫혀 있어 그 남자는 우리의 존재를 알지 못했고 보지 못했다. 우리는 대문의 쇠창살 사이로 그 남자를 볼 수 있었다.

나는 잔뜩 신이 나서 그의 옆에 기대앉았고, 그도 호기심 어린 눈으로 바깥 상황을 살폈다. 그런데, 왜 어째서 선희 언니도 여기에 끼어 있는 거지? 나는 이런 놀이에 끼어 있는 선희 언니가 신기했다. 나는 몸을 숙여 선희 언니를 보았다. 역시나 재미있는 구경거리가 생겼다는 표정이었다. 나를 흘낏 봤지만, 바깥 상황을 놓칠 수 없다는 건지 금세 얼굴을 돌려 대문 밖으로 시선을 돌렸다. 이런 걸 좋아할 줄 몰랐는데. 이런 걸 좋아하는구나. 역시 이런 구경은 놓칠 수 없지.

지나가던 모든 여자의 얼굴을 확인하는 남자의 표정이 재밌다고 생각했다.

잠시 후 남자가 대문 쪽으로 뛰어오더니 다급히 한 여자를 막아섰다. 선영이 언니였다.

"선영아 잠시만."

드디어 본편이군.

"아, 과장님."

언니의 목소리에서 약간 불편함이 느껴졌다.

남자는 가방에서 작은 쇼핑백 하나를 꺼냈다.

"이게 내가 어제 얘기했던 목걸이야. 그때 백화점에서 네가 관심 가지던 것. 어제는 미안했어. 사 두고 가져오지 않아서."

큰언니가 목걸이를 요구했나? 나는 고개를 까웃거렸고, 선희 언니 표정을 살피니 역시 이상하다는 표정이었다.

"저는 이 목걸이에 관심 없어요. 저 그냥 들어갈게요. 이제 찾아오지 마세요. 여기 이모 집이에요."

언니가 대문 쪽으로 한 걸음 더 다가서자 남자는 다시 한번 언니를 막아섰다. 내 옆의 그가 반쯤 일어섰는데 나와 선희 언니가 그의 허리띠를 잡고 다시 앉혔다.

"여기 문 앞에 두고 갈게. 아직 우리 회사에 네 자리 남아 있으니까. 다시 올 수 있어."

남자는 쇼핑백을 대문 앞에 두었다.

"저 남자 친구 있어요. 이 집에서 같이 살고 있어요."

"그 대학생? 하루만 더 고민하고 대답해 줘. 진짜 남자 친구라면, 그것 때문에 우리 회사를 포기한 거라면 내가 물러날게. 다시는 이렇게 귀찮게 하지 않을게."

남자는 대문 앞에 두었던 쇼핑백을 들어 언니의 팔에 걸어 주고, 무언가 급한 사람처럼 뛰어갔다. 언니는 잠시 대문 앞에서 쇼핑백을 보더니 이내 대문을 열고 들어왔다. 우리는 계단에 앉아 있다가 언니를 맞았다. 마치 우연히 이 장면을 본 사람들처럼.

"어디서부터 들었어?"

우리 셋은 누가 대답해야 할지 우물쭈물하다가 작은언니가 말을 꺼냈다.

"'선영아 잠시만'부터"

갑자기 네 명은 웃음이 터졌고, 함께 거실로 들어왔다.

큰언니가 씻으러 들어간 사이 우리는 식탁에 다시 모였다. 식탁 위에는 그 남자가 두고 간 쇼핑백이 있었다. 어떤 목걸이가 있을까? 선희 언니의 표정이 자꾸 눈에 들어왔다. 생글거리며 뭔가 재미있는 일을 한다는 호기심에 빠진 얼굴. 대개 이런 일이 있을 땐, 혼자 뒤로 빼고는 했었는데 오늘 언니 표정이 이렇게 즐거울 수가 없어 보였다.

큰언니가 식탁으로 와 앉았다. 우리는 모두 기대에 찬 눈으로 큰언니를 보았다.

"그러니까 내가 전에 말했던 꽤 큰 회사 있었지. 거기 들어갈 수 있다고 했잖아. 그 회사 사장 막내아들이야. 첫날부터 날 좋아한다며 따라다녔는데. 난 느낌이 별로 좋지 않아서 싫었거든. 그래서 지금 출판사로 회사를 옮긴 거고."

그렇지. 사람은 느낌이 좋아야 하는 거지. 난 느낌이 좋았으니까.

"내가 회사를 옮기니까 내가 냈던 이력서를 보고 여기까지 찾아온 거야. 몇 번이나 찾아왔는데 내가 거절한 거고. 근데 이렇게 목걸이까지 갖고 올 줄은 몰랐네."

우리는 그 목걸이를 열어 보지 않기로 했다.

"내가 이 목걸이를 받고 그 사람이랑 사귀고, 그 회사에 다니면, 월급도 더 많을 테고, 우선은 행복할 수 있겠지만 왠지 느낌이 좋지 않아. 나중에 불행해질 것 같아. 첫눈에 누굴 좋아한다는 거 쉽지 않거든."

"그래서 언니 선택은 뭐야?"

작은언니가 적극적으로 물었다.

"생각할 게 뭐 있니? 내일 또 올 것 같으니까. 목걸이는 돌려줘야지. 느낌이 좋은 사람을 만나야지. 나는 아직 급하지 않으니까. 내일 오빠가 나 좀 도와줘야 할 것 같아."

큰언니는 입맛이 없다며 먼저 2층으로 올라갔다. 우리는 저녁을 먹은 후에 그의 방에 다시 모였다. 작은언니는 책을 꺼내 공부했고, 나는 그를 끌어내 거실 소파에 앉았다.

"큰언니 선택이 맞는 거 같아. 느낌이 안 좋은 사람. 정말 별로야."

"헤파이스토스가 목걸이를 만든 적이 있었어."

라고 시작했던 하르모니아에 관한 이야기는 이렇다.

헤파이스토스는 하르모니아가 결혼한다는 소식을 들었다. 자신의 좋은 솜씨로 목걸이 하나를 만들었다. 하르모니아의 결혼 선물이었다. 헤파이스토스는 우선 불행의 신 아테를 불러 그의 눈물을 목걸이에 심었다. 그리고 자신의 어머니 헤라를 찾아가 젊음의 샘물을 한 방울 얻었다. 그 샘물을 목걸이에 적셨다.

이 목걸이를 간직하면, 영원한 젊음을 가질 수 있었지만, 불행도 함께 찾아오는 목걸이였다. 사람들은 이 목걸이를 하르모니아의 목걸이라 불렀다.

조화의 신 하르모니아는 인간과 결혼하여, 딸 세멜레를 낳았고, 세멜레는 인간이었다. 하르모니아는 헤파이스토스에게 받았던 목걸이를 딸, 세멜레에게 주었다. 하르모니아는 그 목걸이가 그저 영원한 젊음을 유지하게 해 주는 목걸이로만 알았다. 헤파이스토스가 그저 그렇게만 말했기 때문이다.

세멜레는 성인이 되면서 아름다워졌고, 그 아름다움과 젊음은 영원히 유지할 수 있었다. 하지만 아테가 심어 놓은 불행은 목걸이의 주인 세멜레를 찾았다.

세멜레는 제우스의 사랑을 받았다. 그리고 아들 디오니소스를 낳았다. 이 사실을 헤라가 모를 리 없었다. 헤라는 인간인 세멜레에게 질투를 느꼈지만, 보복 같은 건 생각하지 않았다. 어차피 인간이란 시간이 흐르면 늙어서 죽을 존재. 그 운명 때문에, 헤라는 제우스의 많은 정인(情人) 중에서 인간에 한해서는 관대한 편이었다.

하지만 목걸이를 가졌다면 얘기가 달라진다. 하르모니아가 넘겨준 목걸이 때문에, 세멜레는 늙지도 않고 죽지도 않았다. 신의 능력이 없을 뿐 사실상 신이나 별다르지 않은 삶이었다. 헤라는 세멜레를 키워 준 유모의 모습으로 변해서 세멜레를 만났다.

"제우스 님은 바쁘신 분인데, 이렇게 자주 찾으신다는 건 뭔가 이상합니다."

유모의 말에 세멜레가 귀를 기울였다.

"뭐가 이상한가요?"

"아무래도 가짜일 수도 있어서 걱정이에요. 그게 기분 나빠요. 혹시 진짜 신이라면 엄청난 모습을 보일 텐데, 그 모습을 본 적이 있나요?"

세멜레도 그 말을 듣자 이상한 기분이 들었다. 언제나 사람의 모습을 하고 나타나서 자신을 만났기 때문이다. 그래도 믿을 수 있었던 건 우아한 자태와 근엄한 말투, 그리고 그가 가진 비범한 물품들 때문이었다.

"유모, 그럼 어떻게 해야 할까요?"

"본모습을 한 번만 보여 달라고 해 보세요. 신의 모습이요."

신이 자신의 원래 모습을 한 번쯤 보여 주는 건 그리 어려운 부탁이 아닌 것 같았다. 그렇게 쉬운 일을 이제껏 자신에게 한 번도 보여 주지 않은 걸 보면, 어쩌면 진짜 제우스가 아닐 수 있다고 생각했다. 세멜레는 제우스를 기다렸다. 이윽고 제우스가 세멜레를 만나러 왔다.

막상 제우스의 얼굴을 보자 세멜레는 망설였다. 그동안 항상 제우스라고 믿고 살았는데, 자기 마음 한 꼭지에 들어선 의심이 미안하기도 했다. 하지만 말이 아닌 실체를 확인하고 싶었다. 그리고 조심스럽게 말을 꺼냈다.

"제게 작은 소망이 있습니다. 제우스 님."

"어려운 부탁인가?"

"어렵지 않습니다."

"그럼 말해 보아라. 네가 하는 소망이라면 스틱스강의 이름을 걸고 들어준다 약속하지."

"제우스 님의 원래 모습, 신의 모습을 보여 주십시오."

제우스는 당황했다. 또 스틱스강의 이름을 걸다니 자신의 경박한 입을 탓하기엔 이미 늦었다.

"그 소망만은 취소하면 안 되겠소?"

제우스는 제발 세멜레가 취소해 주길 바랐다. 세멜레는 뭔가 의심스러워 소망을 취소하지 않았다.

“저는 죽는 한이 있더라도 꼭 제우스 님의 본모습을 보고 싶습니다.”

제우스의 한쪽 눈에 눈물이 맺혔다. 그리고 세멜레에게 자신의 원래 모습을 보여 주었다. 제우스의 원래 모습, 그 모습엔 번개가 포함되어 있었다. 인간인 세멜레는 그 광채에 눈이 멀고 타 죽었다.

이후에 목걸이는 테베의 왕비였던, 이오카스테의 소유가 되었다. 이오카스테는 남편이 죽고, 재혼했는데 상대는 자기 아들 오이디푸스였다. 어릴 때 헤어졌던 아들이라 성인이 된 아들을 알아보지 못했고, 이오카스테는 하르모니아의 목걸이를 걸고 있어 항상 20대의 모습이라 오이디푸스 또한 자신의 어머니라는 사실을 알지 못했다. 둘은 서로 사랑했고, 네 명의 자식을 두었다.

시간이 많이 흐른 후에, 서로가 모자(母子) 관계라는 사실을 알고 두 사람은 죄책감에 빠졌다, 이오카스테는 자살했고, 오이디푸스는 자신의 손으로 눈을 찔러 앞을 보지 못했다.

나는 식탁 위 쇼핑백을 보았다. 늙는 건 괜찮다고 생각했다. 함께 늙어갈 사람이 있으니까. 다만 불행해지고 싶지는 않았다. 나는 그의 얼굴을 보았다. 내 표정을 읽은 걸까.

“함께 늙어가자. 나이가 들면 산에다 집을 짓고 명절 때는 산마루에 나가 우리 아이를 기다리고.”

나는 그에게 기대서 손을 잡았다. 고개를 끄떡였다. 내가 그에게 비밀이라고 말했던 내 꿈이니까.

"에오스도 사람을 사랑했었어."

라고 시작했던 이슬에 관한 내용은 이렇다.

에오스는 마차를 타고 새벽을 연다. 밤새 닉스가 쳐 놓은 어둠의 장막을 헤치면서 곧 떠오를 태양 마차의 길잡이 노릇을 했다. 그런 에오스가 새벽녘에 한 인간을 마주치고 그와 사랑에 빠진 적이 있었다.

트로이의 왕자 티토노스. 에오스는 티토노스와 사랑이 깊어지면서 근심도 깊어졌다. 신이 바라보는 인간의 수명이란 너무나 짧은 것이었다. 에오스는 그 미래가 두려웠다. 혼자 남겨질 운명. 그 운명을 감당할 자신이 없었다.

에오스는 마음이 급해져 제우스를 찾았다.

"아폴론의 길잡이 에오스가 제우스 님을 찾습니다."

에오스는 알고 있었다. 제우스의 수많은 자식 중 제우스의 사랑을 제대로 받는 이는 몇 안 되고, 그중 하나가 아폴론이라는 사실을. 이건 사실 협박이었다. 아폴론을 볼모로 뭔가를 얻어 내려는 협박. 자신이 길잡이를 제대로 하지 않는다면 헬리오스가 저질렀던 노선 이탈을 아폴론이라고 하지 말라는 법은 없었다.

제우스는 흔들리는 마음을 감추고 에오스와 마주 앉았다. 긴말이 필요할 것 같지 않았다. 이미 에오스의 표정에서 뭔가 간청하려는 표정을 읽었기 때문이었다.

"그대의 요구를 말하라."

"티토노스에게 불사의 몸을 주시길 간절히 간청합니다."

"같은 이유로 또 다른 간청을 하지 않겠다고 스틱스강을 걸고 맹세하는가?"

"맹세합니다."

티토노스는 불사의 몸이 되었다. 죽지 않는 몸. 에오스는 기뻤다. 하지만 그 기쁨은 오래가지 않았다. 너무 서둘러서, 마음이 급해서, 티토노스가 죽은 후에 혼자 남겨질 두려움만 생각해서. 티토노스가 늙는다는 걸 생각하지 못했다. 티토노스는 늙어갔다. 하지만 죽지 않았다. 제우스를 찾아가 또 다른 간청은 할 수 없었다.

티토노스는 계속 늙어갔다. 점점 더 쪼그라들었다. 어느새 손가락만큼 작아지며 늙었다. 죽지는 않지만, 힘이 없어 움직이지도 못했다. 하지만 배가 고프면 울었다. 에오스는 산에서 꿀을 따다 티토노스에게 먹였다. 그리고 티토노스를 땅에 묻어 매미로 만들었다. 지금도 티토노스는 배가 고프면 땅으로 올라와 나무에 붙어 에오스를 찾는다.

그 이후 에오스는 새벽 마차를 몰 때마다 티토노스를 잃은 슬픔에 눈물을 흘린다. 눈물은 사뿐히 내려 풀잎에, 꽃송이에 맺힌다. 아폴론이 태양 마차를 타고 앞서가는 에오스를 위로하고, 풀잎에 맺힌 에오스의 눈물을 닦아 낸다.

다음 날 아침 우리 넷은 작전을 짰다. 시간 순서에 따라 각자 행동을 정하고 하르모니아의 목걸이를 그 남자에게 돌려줄 계획을 세웠다.

우선 낮 동안은 원래 자신이 하던 일을 하기로 했다. 작은언니는 학원에 갔고, 나는 피아노 학원에 다녀왔으며, 역시 식탁에 앉아 아르바이트를 마치고 올 그를 기다렸다. 그냥 평범한 일상이었는데, 평소보다 작은언니가 일찍 집으로 들어왔다. 표정에서 알 수 있었다. 오늘 있을 재미난 일에 긴장했다는 걸. 그리고 학원에서 독서실에서 아무것도 할 수 없었다는 걸. 마치 처음 하는 도둑질에 재미가 든 도둑처럼 언니의 표정은 상기되어 있었고, 또 예전에는 볼 수 없었던 흥분 같은 게 서려 있었다.

시간이 되고, 작은언니와 나는 집을 나왔다. 그 남자는 이미 대문 건너편에서 초조한 표정을 지으면 서성거렸다. 우리는 그 남자를 못 본척하며 집과 조금 떨어진 곳에서 시간이 되길 기다렸다.

잠시 후 나의 그가 대문 밖으로 나왔다. 한 손에는 하르모니아의 목걸이가 든 쇼핑백을 들고, 그리고 너무나 당당히 대문 건너편에 있는 그 남자에게 다가갔다.

“선영이는 제 여자친구예요. 이 선물은 돌려드릴게요. 자꾸 더 찾아오시면 경찰을 부를 겁니다.”

우리도 그와 그 남자가 있는 곳으로 다가갔다. 작은언니가 연습한 대로 훌륭히 대사를 읊었다.

“형부, 밖에서 뭐 해? 이 아저씨는 누구야?”

이 언니, 이런 데 재능이 있네. 진짜 형부를 부르는 것 같았다. 사실은 매부인데.

그 남자는 당황한 표정이었다.

"형, 형부."

나는 작은언니에게 질 수 없어 내가 맡은 역할을 해냈다. 나는 약속된 방향으로 손가락질했다.

"저기 오빠 여자친구가 온다."

그 남자도 내 손가락이 가리키는 곳을 보았다. 큰언니가 집으로 돌아오고 있었다. 그 남자는 언니라는 걸 확인하더니 쇼핑백을 받아 들고 가 버렸다. 사실 우리는 더 긴 시나리오를 세워 두고 연습했었는데, 우리의 짧은 몇 마디에 그 남자는 속절없이 무너졌고, 언니에겐 인사도 없이 가 버렸다. 마지막 인사도 없이.

"미안한 마음도 있었는데, 너무 쉽게 포기하는 걸 보니. 조금도 미안하지 않아."

작은언니가 무표정하게 말했다. 나는 궁금해서 물었다.

"저 남자는 왜 이렇게 쉽게 포기를 한 거지?"

그가 대답해 줬다.

"사랑이 아니니까. 그냥 호기심으로 본 거니까. 호기심은 금방 사라지니까. 그래서 선영이는 느낌이 좋지 않았던 거고."

날개

언니의 핸드폰이 울렸다. 형부였다. 언니는 집에 들어가지 않겠다고 했다. 며칠은 나와 함께 있고 싶다고. 나는 하루면 충분하다고 말렸는데 형부는 엉뚱한 걸 물었다. 나사 잠그는 방향이 오른쪽인지 왼쪽인지. 언니는 작은 한숨으로 왼쪽이라 말하고 전화를 끊었다.

"이모 집에 얼마나 있을 거야?"

언니가 내게 물었다.

"아직 모르겠어. 며칠 할 일이 있어서 왔거든, 주변 정리도 하면 열흘 정도 있을 거야."

"그 후엔 신기로 갈 거니?"

"삼척 등대에 잠시 들렀다가 신기로 갈 거야."

"오빠 죽고, 넌 6년 동안 한 번도 오빠 얘길 꺼낸 적이 없었는데, 오늘 갑자기 이모한테 오빠 얘기를 많이 하던데. 편해진 거니, 아니면 편해지고 싶은 거니?"

"편해지려고. 나 때문에 모두 조심하는 게 싫어서. 나만 알던 사람이 아니니까. 갑자기 생각이 들더라고. 추억하는 건 슬픈 게 아니라 기억하는 거라고. 이제 모두 오빠 얘길 많이 했으면 좋겠어. 나도 일부러 많이 하려고 해."

"그런 거였구나. 아직은 편해진 게 아니었구나."

"기억이 지워지진 않더라고, 슬픔이 하나, 둘 사라졌는데. 그 기억들이, 추억들이 떠오르면서 사라졌던 슬픔이 다시 하나, 둘 생겨나더라. 세월이 위로할 수 있는 상처가 아닌가 봐."

언니는 금방이라도 울 것 같은 표정을 지었다. 억지로 울음을 참는 사람처럼 보였다.

잠시 그냥 두었다. 진정됐는지, 언니는 손바닥으로 방바닥이 따뜻한지 만져 보았다. 목도리를 벗으며 흐트러진 머리가 오히려 사람을 끌었다. 울음을 참은 빨개진 눈도 언니 코 옆에 난 작은 상처와 어울려 사랑스럽게 보였다. 여전히 이 언니는 이상한 매력으로 예뻐 보였다.

"언니!"

"응."

"나사는 오른쪽으로 돌려 잠그는 거야."

나를 쳐다보는 시선도 여전히 맑고 고왔다.

한동안 조립식 블록이 유행이었다. 우리가 목걸이를 돌려주고 며칠 지나지 않은 날이었다. 블록을 하나씩 끼우면 왕이 사는 성도 되고, 공룡도 되는 만능 블록이었다. 주말에 이모 집 거실에서 나는 큰언니와 마주 앉아 블록을 맞춰 보고 있었다. 설명서를 잘 보고 끼웠지만, 성이 되기는커녕 작은 집도 만들 수 없었다. 귀여운 강아지를 만들려 했지만, 어딘가 많이 부족한 네발짐승이 완성되었다. 히메로스가 옆에서 킥킥대며 웃었다. 나는 그 비웃음이 듣기 싫어 애써 만든 완성품을 해체했다.

작은언니는 학원 숙제한다며 소파에 앉아 있었지만, 언젠가부터 내가 만드는 블록에 신경을 쓰고 있었다. 그 역시 문틈으로 나를 보고 있었다. 그도 손재주는 없었다. 진작부터 나와서 우리와 함께하고 싶었을 테지만, 자신도 자신의 실력을 아는지라. 혹시나 우리가 만들어 보라고 부추기면 형편없이 만들어질 자신의 작품이 부끄러워 문밖으로 발을 빼지 않았었다.

"만들라고 안 할 테니까. 나와 봐."

나는 그를 불렀다. 재주가 없어도 함께하는 시간이 중요하니까. 곧 방학이 끝나가니까. 그는 기다렸다는 듯이 옆에 와서 앉았다.

내가 그의 모습에 잠시 빠져 있던 틈에, 작은언니도 이미 내 옆에 있었다. 손에는 블록들이 있었다. 이리저리 맞추고, 잠시 멈추고는 뭔가 상상하는 모습. 집중하는 모습. 예쁘다고 생각했다. 귀엽고 사랑스럽다고. 이런 언니가 있어서 좋다고 생각했다. 나는 다시 그를 보았다. 역시 손에 블록이 있었다. 어떻게 시작할지 모르고 있었다. 아직 작은언니의 모습을 못 본 것 같았다. 내게도 이렇게 예쁘고 사랑스러운 순간의 모습인데, 혹시 그도 사랑스럽게 느끼진 않을까? 귀여워 죽겠다고 느끼진 않을까? 나는 손을 뻗어 작은언니의 머리를 헝클어트렸다. 잠시 놀라서 나를 보는 언니의 눈이 투명해 보였다. 헝클어트린 머리도 예뻐 보였다. 투명한 눈과 어울렸다. 이 언니, 왜 아직도 이렇게 예쁜 거지? 고개를 돌려 그를 보았다. 아직 블록에 집중하고 있었다. 나는 그의 눈을 가리고, 그의 고개를 언니가 없는 쪽으로 돌렸다.

나는 그의 손을 잡고 그의 방으로 들어가 외투를 챙겨 입혔다. 잠시 기다리라고 했다. 절대 거실로 나오면 안 된다고. 나도 2층 방으로 가 외투를 입고 외출 준비를 했다. 다시 1층으로 내려와 그의 방으로 갔다. 그의 눈을 가린 채 현관을 통해 마당으로 나왔다. 눈을 가린 손을 뗐다. 잠시 어리둥절했지만 크게 개의치 않는 얼굴이었다.

"그냥 둘이서 외출하고 싶어서."

그는 신난다는 표정으로 나를 보았다. 블록은 그만 만져도 되니까. 그리고 손을 잡고 밖으로 나왔다. 하늘에선 남풍의 신 노토스가 구름을 짜 보슬비를 뿌렸다. 그는 잠시 고민하더니 나를 데리고 근처 찻집으로 갔다. 어른들만 간다는 찻집. 나는 어른이 된 것 같았다. 아버지의 머리에서 태어나, 바로 어른이 된 아테나처럼. 찻집 안에서 나는 어른이 된 것 같았다. 찻집 벽은 모두 유리였다. 유리 벽 찻집. 우리는 유리 벽 옆에 앉았다. 마주 보는 소파는 안락했다. 바깥에 사람들이 보였다. 비를 피해 뛰어다녔지만, 모두 우리를 보는 것처럼 느껴졌다.

"대학교에 예쁜 언니들 많겠다. 이런 데 자주 다니나 봐."

나의 푸념 소리에 그는 딴소리했다.

"아까 미궁을 만들고 싶었어. 손재주가 없어서 궁리만 하고 말았지만. 하지만 손재주가 많으면 불행해져."

"다이달로스는 손재주가 아주 뛰어났거든. 그래서 불행했어."

라고 시작했던 미궁에 관한 이야기는 이렇다.

크레타의 왕 미노스는 포세이돈을 배반했다. 매년 크레타에서 가장 좋은 황소 한 마리를 포세이돈에게 제물로 바치기로 했는데 그 약속을 지키지 않았다. 그해엔 그랬다. 그해에 가장 좋은 황소는 너무 멋있어서 제물로 바치기엔 너무 아까웠다. 제물로 바치기 위해선 죽여야 했는데 죽이기엔 너무 아까운 황소였다. 근육질에 코에서 뿜어 나오는 뜨거운 숨. 그리고 두꺼운 목. 가장 이상적인 황소라고 생각했다. 미노스는 그 황소를 아껴 두고 다른 황소를 죽여 포세이돈에게 제물로 바쳤다.

"왕이 되지 못할 작자를 왕으로 만들었더니, 역시 그 그릇이 나오는구나."

포세이돈은 화가 치밀어 미노스의 왕비 파시파에를 찾았다. 그리고 파시파에의 눈에 입김을 불고 파시파에의 귀에 속삭였다.

"미노스가 아낀 황소가 얼마나 잘생겼는지. 신을 배반할 정도라니 그 황소를 보고 싶지 않으냐?"

파시파에는 목소리를 들었다고 생각하지 않았다. 그저 자신의 마음에서 황소를 보고 싶다는 욕망이 생겼다고 생각했다. 그 길로 시종을 불러 미노스가 감춰 둔 황소를 보러 갔다.

과연 잘생겼다고 생각했다. 가까이 가서 그 황소의 하얀 털을 만져 보고 싶었다. 파시파에가 다가가자 황소는 화를 내며 날뛰었다.

시종이 말했다.

"사람, 특히 여자가 다가오는 것을 무척 싫어합니다."

아쉬웠다. 그저 한번 만져 보는 것도 거부당하다니. 파시파에는 돌아와 잠자리에 누웠다. 잠이 들지 않았다. 머리엔 온통 낮에 보았던 황소의 모습만 떠다녔다. 다음 날 다시 황소를 보러 갔다. 황소는 여러 마리 암소와 함께 어울리고 있었다.

"암소와 노는 건 싫어하지 않는구나."

시종은 그렇다고 대답했다.

암소가 되고 싶었다. 암소가 되면 그 황소 옆에 갈 수 있었다. 그리고 손으로 그 황소를 만지고 싶었다.

파시파에는 다이달로스를 불렀다. 손재주가 좋은 발명가. 돈을 주면 무엇이든 만들어 주는 장사꾼. 그에게 사람이 들어갈 수 있는 암소 한 마리를 만들어 달라고 청했다. 누가 봐도 암소인 암소. 그 황소가 봐도 반할 것 같은 암소.

며칠 지나지 않아 다이달로스는 암소 한 마리를 끌고 파시파에를 찾았다. 여러 기계 장치들이 있어서 울음소리도 나고, 안에서 조작하면 걸을 수도 있는 암소였다. 옆구리에 문이 있어 암소 안에 들어갈 수 있었다. 파시파에가 원했던 것보다 훨씬 더 잘 만들어진 암소였다.

파시파에는 암소 안에 들어갔다. 조작이 어색하긴 했지만, 암소는 유유히 걸어 황소 곁으로 갔다. 황소가 다가왔다. 파시파에는 손을 뻗어 황소를 만졌다. 황소는 다이달로스의 마법 같은 솜씨에 속아 암소를 품었다.

파시파에가 타고 있던 그 암소를.

파시파에가 아이를 낳았다. 미노스는 아이를 보고 경악했다. 몸은 사람인데 황소 머리를 가진 아이였다. 괴물이었다. 아이는 태어나자마자 주변에 있던 사람들을 잡아먹었다. 미노스는 군대를 시켜 아이를 감금시켰다. 자신의 아내가 황소와 정을 통해 괴물을 낳았다는 소문이 듣기 싫어 아이의 이름을 미노스의 황소라는 뜻으로 '미노타우로스'라 지었다.

갇혀 지내던 미노타우로스는 한 번씩 탈출해서 궁궐의 사람들을 잡아먹었다. 군대가 다시 미노타우로스를 잡아들였다. 이런 일이 반복되자 누구도 궁에서 일하려 하지 않았다. 미노스는 다이달로스를 불렀다. 이미 시종들로부터 어떻게 파시파에가 황소 곁에 갈 수 있었는지를 들어 알고 있었다. 미노스는 다이달로스의 아들 이카로스를 볼모로 잡고 다이달로스를 협박했다.

"네가 저지른 일의 결과이니 네가 해결해야지. 미노타우로스를 가둘 궁을 만들어라. 한번 들어가면 다시는 나올 수 없는 미궁을 만들어라. 그렇지 않다면 네 아들을 미노타우로스의 먹이로 던져 주겠다."

시간이 지나 다이달로스가 미궁을 완성했다. 미노타우로스를 그곳에 가두었다.

"이곳에서 나올 방법이 있느냐?"

다이달로스가 대답했다.

"없습니다."

미노타우로스는 죽어서도 미궁 밖으로 나오지 못했다.

"난 미궁에 빠졌어. 나갈 수 없는 미궁에. 나가고 싶지 않은 미궁. 미궁은 네가 만들었어. 그래서 난 너만 봐."

"낯간지럽지 않냐? 이게 중학생 여자애한테 할 소리냐?"

"진심이니까."

"간지럽기는 하구나. 선희 언니한테도 이렇게 말한 적 있어? 언니는 오빠가 무슨 말을 해도 다 끄덕여 주잖아. 내년이면 언니도 대학생인데. 둘이 잘 어울릴 것 같아."

마음에도 없는 말을 했다. 그는 유리 벽 바깥을 보며 말했다.

"나와 선희는 다른 세상에 살아. 선희가 사는 세상엔 신이 없어."

그는 누구에게도 신화를 말하지 않았다. 오직 나에게만.

비에 젖는 유리 벽이 보기 좋았다. 찻집 밖에 우산 쓴 사람들도 보기 좋았다. 그의 마음이 또 보였으니까.

집으로 가는 길에 뛰었다. 보슬비긴 했지만 겨울비니까. 그는 외투를 벗어 내 머리에 씌우고 나는 그의 손을 잡고 집까지 뛰었다.

집에 오자 두 언니는 여전히 블록을 만지고 있었다. 꽤 큰 성이 반쯤 만들어져 있었다. 큰언니는 설명서대로 커다란 성을 만들다 지쳤고, 작은언니는 버스를 만든다고 했는데, 바퀴는 없었다. 옆에서 헤파이스토스가 작은언니를 가르쳤지만, 언니는 그 목소리를 듣지 못했다. 서로 다른 세상에 사니까.

저녁 식사를 마치고, 큰언니는 2층 방으로 올라갔다. 온종일 블록과 싸웠으니 지칠 만도 했다. 작은언니는 그의 방에 들어가 학원에서 내 준 과제를 했다. 작은언니에게 방을 뺏긴 그와 큰언니에게 방을 뺏긴 나는 소파에 앉았다. 블록은 아직 거실에 그대로 있었다. 내일 또 블록을 갖고 놀아야 하니까 그대로 둔 것이다.

"손재주가 많아서 불행했다며, 다이달로스가 불행한 얘기는 안 했잖아."

"테세우스라는 영웅이 있었어."

라고 시작했던 날개에 관한 이야기는 이렇다.

테세우스에게 반한 미노스의 딸, 아리아드네는 급히 다이달로스를 찾았다. 미궁에서 나올 해답을 내놓으라고 했다. 다이달로스는 그런 방법은 없다고 했지만, 아리아드네는 막무가내로 답을 원했다. 가지고 간 상당량의 돈을 보여 주었다. 돈에 약한 다이달로스는 딱 한 가지 방법이 있다며 아리아드네에게 알려 주었다.

그건 긴 실을 갖고 미궁으로 들어가는 방법이었다. 실마리를 미궁의 문에 묶고, 실을 풀면서 들어간 다음, 나올 때, 그 실을 감으며 다시 미궁 바깥으로 나오는 방법이었다.

아리아드네는 테세우스에게 큰 실타래를 주었다. 미궁에서 나오는 방법을 알려 주었으니 꼭 미노타우로스를 죽이고 살아 돌아오라고 부탁했다.

테세우스는 아리아드네가 일러준 방법대로 미궁으로 들어갔다. 그리고 미노타우로스를 제거하고 실타래를 감으며 미궁에서 빠져나왔다.

미노스는 화가 치밀었다. 다이달로스와 아들 이카로스를 잡아들였다.

"마지막으로 묻겠다. 실타래를 이용하는 방법 말고, 다른 방법으로 미궁에서 나올 방법이 있느냐?"

다이달로스는 시간을 좀 끌었다. 고민하는 듯하더니 대답했다.

"절대 다른 방법은 없습니다."

"미궁에 갇혔던 나의 소가 죽었으니 비어 있는 미궁에 너희를 가두겠다. 실타래는 주지 않겠다."

미노스의 병사들이 다이달로스와 아들 이카로스를 미궁으로 끌고 갔다.

자신이 만든 미궁, 자신이 갇힐 거라고는 생각하지 못했다. 자신은 자신의 업보로 미궁에 갇혔다고 하지만 죄 없는 아들까지 미궁에 갇히니 그제야 후회를 했다.

나무로 만든 암소, 힘들게 만든 미궁, 그리고 미궁에서 나갈 수 있는 단 하나의 방법까지 발설한 자기 자신. 자신의 손목과 혀를 자르고 싶었다.

다이달로스는 혹시나 다시 입구를 찾을 수 있을까 봐 아들과 함께 걸었다. 해가 뜨는 아침인가 했는데 달이 떴다. 산을 오르나 싶었는데 강이 앞을 막고 나섰다. 아들을 위해 입구를 찾아 다시 미궁 바깥으로 나가야 했는데, 찾으면 찾을수록 입구는 점점 더 멀어지는 느낌이었다.

며칠을 걸으며 헤맸지만 한 번도 같은 곳을 지난 적이 없었다. 피곤하고 지쳤다. 그리고 땅에 누웠다. 아들도 지쳤는지 함께 누웠다. 하늘을 바라봤다. 미궁 속에도 밤하늘이 있었고, 별이 있었다. 미노타우로스가 죽고 없어, 목숨은 위험하지 않았지만, 그곳에 아들의 미래는 없었다.

아들이 북두칠성을 찾았지만, 있을 리가 없다. 설사 있다 해도 그곳은 북쪽이 아니었다. 자신이 미궁을 설계하고 만들었기 때문에 그 정도는 알 수 있었다.

아들이 깃털 하나를 주웠다. 그건 희망이었다. 그때부터 다이달로스는 새의 깃털을 연구했다. 새를 잡아 날개를 연구했다. 아들에게 소리쳤다.

"아들아 미궁을 빠져나갈 방법이 하나 더 있구나."

다이달로스는 날개를 만들었다. 미궁에서 얻은 새의 깃털을 벌집에서 얻은 밀랍으로 이어 붙인 날개였다. 미궁 속 부족한 재료로 만들었지만, 하늘을 날아 미궁을 탈출하는 용도로는 부족하지 않았다.

다이달로스가 먼저 날개를 달았다. 아들에게 시범을 보였다. 아들도 아버지를 따라 날개를 달고 움직여 보았다. 날 수 있었다. 몸이 뜨고, 어느 정도 익숙해지자 공중에서, 하늘에서 자유롭게 움직일 수 있었다.

"우리는 미궁을 빠져나간 뒤에 이 섬에서도 탈출해야 한단다. 미궁 속의 재료가 좋지 않으니, 하늘에서 적당한 높이로 날아야 한다. 너무 높이 날면 태양에 밀랍이 녹아 날개를 쓸 수 없고, 너무 낮게 날면 바다에 날개가 젖어 무거워질 테니 날 수 없다. 적당한 높이로 날아야 한다. 내 뒤만 따라오면 되니 크게 걱정은 하지 않아도 될 거다."

아들 이카로스는 크게 알겠다는 대답을 했다. 다이달로스는 그런 아들의 대답을 듣고, 아들 이카로스와 함께 하늘을 향해 도약했다.

이카로스는 다이달로스의 뒤를 따랐다. 하늘을 난다는 느낌이 좋았다. 바람을 품고 둥실 떠가는 느낌이 좋았다. 다이달로스는 앞서가면서 한 번씩 뒤를 봤다. 이카로스는 잘 따라오고 있었다. 미궁에서 이미 빠져나왔고, 이제 바다만 건너면 크레타에서 완전히 탈출할 수 있었다. 다이달로스는 다시 뒤를 돌아봤다. 이카로스가 보이지 않았다.

새끼 잃은 어미 새처럼, 다이달로스는 이카로스를 찾았다. 바다를 살폈으나 이카로스는 보이지 않았다. 다시 고개를 들자 아들은 너무 높은 곳에서 날고 있었다. 다이달로스는 소리쳤다.

“아들아, 위험하니 그만 내려오너라.”

하늘은 넓고 공간은 위대했다. 다이달로스의 목소리는 이카로스에 전달되지 않았다. 날개를 단 이카로스는 점점 더 높이 날았고, 다이달로스의 경고대로 깃털을 이어 붙인 밀랍이 녹아 이카로스는 추락했다. 다이달로스는 아들을 잃었다.

“날개를 가지면, 자신을 잊어버려. 거만해지지. 오늘 수형이 너는 날개를 단 거 같았어. 아주 거만하던데. 이유가 뭐니? 새로 생긴 게 뭐야?”

나는 소파에서 일어났다. 낮에 찻집에서 내가 좀 까불었다. 그는 그걸 묻는 거였다. 조금 미안해졌다. 나는 애써 그를 보지 않았다. 몸을 틀어 2층 방으로 올라가는 계단에 올랐다.

“수형아, 대답 안 하니?”

그의 목소리가 울렸다. 나는 그가 들으라고 작은언니를 불렀다.

“선희 언니, 나 먼저 올라가서 잘게.”

같은 공간

2층 방에서 언니와 같이 누웠다. 잠시 일어난 언니가 책상 서랍을 뒤졌다.

"내일은 뭐 할 거니?"

"내일은 그냥 서울 시내 여기저기 좀 돌아다니려고."

"어디? 나랑 같이 갈까?"

"아니 혼자 가고 싶어."

그가 대학에 들어가면서, 내가 없던 시간에 그가 혼자 간 곳을 노트에 적어 두곤 했다. 메모하고 사진을 끼워 넣고, 날 기다렸다. 그리고 내가 방학에 서울에 오면, 우리는 그곳으로 갔었다.

그가 혼자 왔던 곳, 내가 함께 가면, 그는 늘 자신이 혼자 왔던 시간을 얘기했다. 난 그의 옆에 바짝 붙어 내가 없던 그 시간, 그의 허전했던 공간을 채우려 했었다.

6년 전, 마지막으로 내가 없던 서울에서 그가 혼자 있었던 공간을 가 보고 싶었다. 다섯 군데의 공간들. 사실 두려웠다. 나 혼자 가야 하는 게 무서웠다. 적막한 서울은 내가 아직 경험해 보지 못한 곳이라 6년을 떨었다.

하지만 마지막으로 해야 할 일이었다. 곧 그를 만나야 할 텐데 나도 같은 공간에 있었노라 말하고 싶었으니까.

서랍을 뒤지던 언니가 작은 종이쪽지 하나를 찾아냈다.

"수형아, 여기 있네."

나도 몸을 일으켜 언니 손에 있는 쪽지를 봤다.

내가 교대에 합격했다는 통지서였다.

"넌 언제나 즐겁게 살았는데, 내가 본 너의 모습 중에 가장 신나서 방방 뛰던 날이 교대에 합격했던 날인 것 같아. 교사가 되던 날도 이렇게 신나지는 않았었잖아."

나도 그날 나의 모습이 선명하게 떠올랐다.

대학 합격자 발표를 기다렸다. 초조했다. 춘천에 있는 교대가 최선이었다. 하지만 후회는 없었다. 어린 시절 그를 따라 교사가 되기로 했으니까. 하지만 사범대를 나와 중고등학생을 가르칠 자신은 없었다. 그래서 선택한 게 고향 강원도에 있는 교대였다.

시험을 보고 왜 5일이나 기다려야 결과가 나오는지 불만이었다. 초조했다, 모두 아닌 척했지만, 평소와는 다른 발걸음, 말투로 생활했다. 나를 아는 모든 사람과 신들마저 초조해했다.

결과가 나오는 날 아침 9시부터 전화로 합격 여부를 알 수 있었다. 그날 나는 이모 집에 있었다. 그가 이모 집에 있었으니까. 새벽부터 일어나 시간을 기다렸다. 시간은 참 더디게도 흘렀다.

마침내 시간이 됐다. 내가 전화를 했고 안내대로 내 수험 번호를 그가 눌렀다. 결과는 합격이었다. 장학금을 타는 위대한 합격은 아니었지만, 나에겐 위대한 첫걸음이었다.

나는 그를 졸라 춘천으로 가자고 했다. 학교에 커다랗게 합격자 명단이 붙었을 텐데, 나는 그곳에 있는 내 이름을 직접 확인하고 싶었다.

용산에서 춘천행 기차를 탔다. 당시 2시간이 조금 더 걸리는 기차였다.

학교에 도착하자 정문 게시판에 합격자 명단이 보였다. 나는 그곳에서 내 수험 번호를 찾았다. 그리고 내 이름도 보았다. 나는 내 이름 석 자를 사진에 담았다.

서울로 다시 돌아오는 기차 안에서 그가 내게 물었다.

"너는 왜 교사가 되고 싶은 거니?"

과거에도 우리는 이 주제로 대화를 나눈 적이 있었는데, 그가 기억하지 못하는 걸까? 나는 빤히 그의 얼굴을 보았다. 그가 우물쭈물 대답했다.

"아니, 그냥 한 번 더 확인하고 싶어서."

"오빠는 왜 지금 교사가 된 건데?"

"방학이 있으니까."

예전과 같은 대답이었다. 좀 더 길게 얘기하면 좋을 텐데. 더 쉽게 말해도 괜찮은데.

"나도 그래, 방학이 있으니까. 확인됐지? 내가 당신의 기다림을 끝내려고. 내가 오빠 눈물 닦아 주려고."

대학생이 되자 좋은 점은 방학을 기다릴 필요가 없었다. 금요일 오후에 기차를 타고 용산역에 오면 그가 항상 마중 나와 있었다. 어느 때는 그가 춘천까지 와서 나와 함께 서울로 왔었다. 게다가 대학생의 방학은 길었다. 나는 내가 보고픈 사람의 얼굴을 더 자주 볼 수 있었다.

또 다른 세상

교대를 다니던 2학년 1학기, 기말고사 기간이었다. 나는 교실에 앉아 창밖을 보았다. 햇살이 눈부시고, 나무들은 푸르르게 반짝였다. 학생들은 저마다 시간에 쫓겨 뛰기도 하고, 의자에 앉아 나른한 오후를 즐기기도 했다. 모두 일상이 있었다. 자신만의 일상. 나도 내 일상에 맞춰 시험을 준비했다. 오늘 두 개의 시험만 보면 나는 서울행 기차를 탈 계획이었다. 나는 핸드폰을 꺼내 전원을 껐다.

"수형아. 오늘 시험 끝나면 바로 서울로 갈 거야?"

친구가 내게 일정을 물었다.

"응, 저녁 기차로 이미 예약했어."

"신기엔 안 가고?"

"고향엔 천천히 가려고."

"종강 파티는?"

"서울에 더 중요한 일이 있어서."

곧 시험이 시작되었다. 나는 시험지를 받아 들고 답안을 적었다. 시험

지엔 온통 그의 얼굴이 있었다. 나는 눈을 비비고 다시 답안을 적기 시작했다. 나름 신경을 쓴 시험이라 답안 쓰기가 어렵지는 않았다. 어느 정도 시간이 지났다고 느꼈을 때, 답안을 완성한 학생들이 답안지를 제출하고 교실 밖으로 나가기 시작했다.

난 마음이 급했지만 진정하려 노력했다. 그를 만나기에 당당하고 싶었다. 시험을 대충 보고 그를 만나면 마음이 편치 않을 것 같았다. 그와 함께 있는 시간이 마음 편하여지려면 시험을 잘 봐야 했다. 게다가 예약한 기차 시간이 바뀌는 것도 아니었다.

나는 내가 쓴 답안을 다시 확인했다. 그리고 최선을 다했다고 생각했을 때, 답안을 제출하고 교실 밖으로 나왔다. 이렇게 완벽해야 그를 당당히 만날 수 있었다. 해낼 건 해내는 학생. 그게 나라는 생각에 뿌듯했다.

교실 밖으로 나왔다. 하나 더 남은 시험을 준비하려 도서관에 갈 생각이었다. 핸드폰 전원을 켰다. 혹시 그가 전화했을까 봐, 혹시 그가 문자를 보냈을까 봐. 어젯밤부터 연락이 없었는데, 혹시나 지금이라도 연락했을까 봐.

부재중 전화가 많이 와 있었다. 모두 이모와 작은언니가 내게 한 전화였다. 몇 번을 찾아봐도 그가 내게 건 전화는 없었다. 문자도 없었다. 나는 가벼운 한숨을 쉬고 그에게 문자를 보냈다. 밤 8시에 용산역에 도착이니 마중 나오라고 했다.

작은언니에게서 전화가 왔다. 맞다! 부재중 전화가 많았었지. 전화한다는 게 시험이랑 문자 보내는 데 정신이 팔려서 잊을 뻔했다. 난 서둘러 전화를 받았다.

"응 언니!"

가느다란 목소리, 힘없이 떨리는 언니의 목소리가 들렸다.

"수형아, 어떡하니?"

한참을 말을 잇지 못하더니 꺽꺽대는 목소리로 겨우겨우 말을 했다.

"오빠가 죽었어. 수형아, 어떡해?"

전화 목소리로도 알 수 있었다. 언니는 서서 내게 전화를 하곤, 말을 마치며 주저앉았다는 걸.

농담일 거로 생각했다. 그냥 장난일 거라고. 그런데 내게 전화한 사람은 작은언니였다. 믿을 수밖에 없었다. 믿을 수밖에 없다는 게 절망이었다. 믿을 수밖에 없는 사람의 말은 작은 희망조차도 날려 버리며 날 벼랑으로 몰았다. 내 목에 절망이 걸렸다. 숨을 쉴 수 없었다. 내 몸은 꺽꺽거리며 알 수 없는 소리를 냈다. 억지로 숨을 쉬는 소리였다. 언니가 더는 말할 수 없었는지 전화기에선 이모의 목소리가 들렸다.

"수형아, 듣고 있니?"

그 목소리도 떨려서 화가 났다.

나는 괴상한 소리를 내며 소릴 질렀다.

"왜? 어떻게? 왜 죽은 건데?"

그리고 내 귀가 고장 났다. 이모의 대답은 그저 웅웅거리는 죽음의 날갯소리로 변해서 내게 들렸다. 아무 말도 알아들을 수 없었다. 정신을 차리려고 했지만 잘되지 않았다. 계속해서 들리는 날갯소리에, 내 목을 쥐어짜는 절망, 그 손아귀의 힘에 정신은 점점 아득해져 갔다. 나는 목소리를 쥐어짜서 겨우 말을 토해 낼 수 있었다.

"내가 지금 갈게."

몸이 말을 듣지 않았다. 내 배는 자꾸만 튕기면서 꺽꺽대는 소리를 냈다. 눈물이 시야를 가렸다. 그래도 나는 걸었다. 그러다 미친 사람처럼 뛰었다. 건물 밖으로 나갈 때, 걸음을 멈췄다. 건물 밖으로, 저기 바깥세상으로 나갈 자신이 없었다. 배신자들만 있는 세상. 배신자들만 가득 찬 세상에 나갈 용기가 없었다. 그가 없는 세상에도 반짝일 햇살, 그가 없는 세상에도 푸르를 나무, 그리고 그가 없는 세상에도 일상이 있는 사람들. 그들 모두가 배신자처럼 느껴졌다.

그가 없어 어두워야 할 세상은, 그가 없어 축축해야 할 세상은, 그저 나에게만 있었다. 나는 건물 옆 계단으로 가 쭈그리고 앉았다. 떨리는 팔뚝에 내 눈을 올렸다. 다시는 세상을 보고 싶지 않았다. 눈 뜨지 않겠다고, 다시는 뜨지 않겠다고 세상을 욕했다.

눈물 때문에, 자꾸 흐르는 눈물 때문에 눈을 뜰 수 없었다.

시간이 흐르자 눈물이 멈췄다. 진정되는 내 몸이 싫었다. 나 자신을 욕했다. 얼마나 울었다고 이렇게 빨리 진정되는지. 계단에 몸을 던져 그 고통으로라도 울고 싶었다. 몸이 아픈 게 아니라 마음이 아픈 거라고 날 속이고 싶었다. 그렇게라도 아프면 날 용서할 수 있을 것 같아서. 에오스가 찾아왔다. 짝을 잃은 슬픔, 에오스는 아무 말도 하지 않고 이슬을 내 몸에 뿌렸다. 그저 내 옆에 서 있었다.

나는 가방을 둘러메고 교문을 나왔다. 이모 집에 갈 동안만이라도 정신을 차리고 싶었다. 그때까지만이라도 내 다리가 나를 지탱해서 버텨 주길 바랐다. 나는 택시를 타고 춘천역으로 갔다. 가장 빠른 용산행 기차를 탔다. 멍했다. 기차 안에서 수도 없이 나를 깨웠다. 정신 차려라. 정신 차려라.

용산역에서 택시를 타고 신림동 이모 집까지 갔다. 택시 안에서 정신을 잃고 다시 차리고 나는 반복적으로 정신을 잃었다. 이모 집이 보일 때도 정신을 잃었다. 희미하게 이모의 얼굴이 보였다. 이모가 끌어내다시피 나를 택시에서 내렸다. 그가 없는 현실이 감당되지 않아, 나는 나를 놓았나 보다. 작은언니, 큰언니도 보였다. 그들이 나를 부축해 거실 소파에 눕혔다.

웅웅거리는 소리는 계속 들렸다. 그 소리 사이로 사람들의 목소리가 들렸다. 장례식장을 잡았고 이모부는 이미 그곳에 가 있다는 소리. 그 소리에 다시 깨달았다. 그가 정말 죽었구나. 절망은 다시 내 턱을 세게 쳐올렸고, 나는 정신을 잃었다.

다시 정신을 차렸을 때, 작은언니가 내 손을 잡고 있었다. 나는 벽에 걸린 시계를 보았다. 시간이 보이지 않았다.

"언니 지금 몇 시야?"

언니는 슬픔에 눌린 칼날 같은 말을 짜냈다.

"수형아, 우리는 그냥 집에 있자. 넌 오빠 보내면 안 되잖아."

"아니야, 8시에 용산역에서 만나기로 했어."

언니는 내 가슴을 세차게 쿵쿵 쳤다.

하데스가 내게 물었다.

"아프니?"

나는 고개를 끄떡였다.

"응."

"견딜 수 있겠니?"

"아니, 어떻게 견뎌?"

하데스는 절망 같은 주먹으로 내 머리를 후려쳤다. 정신을 잃었다.

그게 반복됐다. 깨어나면 하데스가 물었다, 같은 대답을 하고 나는 정신을 잃었다. 이런 현실에 살 수 있을 것 같지 않았다. 차라리 정신을 잃은 게, 차라리 미쳐버리는 게, 차라리 나도 같이 죽는 게 나을 것 같았다.

죽음보다 더 긴 시간이 지난 것 같았는데, 현실의 시간은 겨우 하루가 지나 있었다. 나는 그의 장례식에 참석하지 못했고, 나는 그를 보내지 않았다. 작은언니의 말처럼 나는 그를 보내면 안 되었다.

이모와 이모부, 그리고 큰언니가 들어왔다. 나를 찾지 않았다. 나는 그의 방에 틀어박혀 웅크리고 있었다. 작은언니가 그동안 날 지켰다. 이모가 작은언니에게 말하는 소리를 들었다. 화장하고 어디 추모 공원에 안장했다고. 작은언니가 방에 들어왔을 때, 나는 고개를 들고 언니를 보았다. 묻지 않았다. 어느 추모 공원인지. 언니도 말하지 않았다. 나는 아직 그를 보내지 않았으니까.

그렇게 한 주가 지났다. 몸을 일으켜 세워 거실로 나갔다. 이모가 날 보더니 다가와 날 안았다.

"그래, 잘 나왔다. 내 새끼."

작은언니가 날 부축했다.

"머리 감고, 세수하고 씻고 싶어."

나는 욕실에 들어갔다. 작은언니가 날 씻겨 주었다. 엄마처럼.

씻고 나와서 나는 식구들을 보았다.

"나 이제 괜찮아. 걱정 끼쳐서 미안해. 오빠를 잊고 싶지 않아. 어떻게 죽었는지도 알고 싶지 않아."

죽음은 고통을 수반한다. 그 얘기를 들으면 그의 고통을 나도 같이 느낄까 봐. 그의 고통 속에는 내가 옆에 없었으니까. 나를 용서할 수 없어서. 듣고 싶지 않았다.

나는 외출 준비를 했다. 작은언니도 함께 외출 준비를 했다. 혹시 내가 밖에 나가서 무슨 일이라도 할까 봐. 걱정된 것이겠지. 내가 현관문을 나설 때, 언니도 함께 따라붙었다. 버스를 탔다. 늘 타던 용산역으로 가는 버스. 언니는 묵묵히 내 옆을 지켰다. 나는 언니의 손을 잡았다. 버스 안에서 거울을 봤다. 립스틱을 발랐다. 그에게 예쁘게 보여야 하니까.

용산역에 도착해서 약속 장소로 갔다. 그날 8시에 만나기로 했었다. 언제나 그가 마중 나와 주던 그곳. 며칠이나 늦었지만, 아직도 그가 날 기다리고 있을까 봐. 나는 뛰었다. 그리고 그곳엔 그가 있었다. 신들이 내게 나타날 때 보이던 그 푸른빛을 띠고.

나는 주저앉았다. 현실의 사람이 아니라는 걸 확인했으니까.

그가 다가왔다.

나는 주저앉은 채 말을 했다.

"내가 너무 늦었지."

"널 기다린 거니까. 난 널 기다리는 사람이니까."

그는 허리를 숙여 내 얼굴을 보았다.

"수형아, 지금처럼 예쁜 사람으로 살아라. 내가 먼저 가서 널 기다릴게. 지금보다 훨씬 늦게 와. 빨리 오지 말고. 그때 네가 내게 오면 우리 다시 손잡고 이 세상에 다시 오자."

눈물이 시야를 가려 그를 볼 수 없었다. 내 허리는 다시 튕기며 꺽꺽대는 소리를 냈다. 하지만 마지막 말을 해야 했다.

"그럴게. 오빠."

그 뒤로 그의 모습은 보이지 않았다. 그가 신들에게 빌어 얻어 낸 마지막 시간이었던 것처럼.

하데스가 다시 와 물었다.

"아프니?"

"아파."

"견딜 수 있겠니?"

나는 입술을 굳게 다물고 견딜 수 있을 거라고, 견뎌야 한다고 말했다. 하데스는 더는 나를 치지 않았다.

화장실로 가 엉망이 된 얼굴을 정리했다. 예쁜 사람으로 살아야 하니까. 그가 예쁜 사람으로 살라고 했으니까. 여기 오길 잘했다고 날 타일렀다. 다시 이모 집으로 돌아가는 버스를 탔다.

"언니, 나 내일 신기로 갈게."

그가 없는 서울을 견딜 수 없었다.

"괜찮겠니? 내가 같이 갈게."

그의 마지막 말을 가슴에 새겼다. 날 기다린다고, 손잡고 이 세상에 다시 오자고.

나는 처음으로 스틱스강의 이름을 걸고 약속했다. 언젠가 그에게 갈 때, 나 혼자 간다고 내 곁에 누구도 두지 않고 혼자 갈 거라고. 혼자 견디며 살 거라고. 아프로디테처럼. 아테나처럼.

나는 그의 노트 한 권을 챙겼다. 내가 서울에 없던 마지막 일주일, 그가 혼자 있던 공간에 대한 기록.

당시 서울에서 대학원에 다니던 작은언니는 나와 동행해 신기로 갔다.

신기에서 첫날밤. 애통의 신 아케론이 상복을 입고 나를 찾았다. 우리는 맞절을 했다.

"네가 앞으로 흘릴 눈물, 평생 마르지 않게 해 주마. 울고 싶을 때, 울 수 있도록."

내 인생의 찬란했던 방학은 이제 더는 없었다. 나는 그가 없는 또 다른 세상으로 들어선 것이었다.

다른 시간

나는 신기에서 별을 봅니다. 그곳엔 신들의 기억이 있습니다. 아르테미스를 쫓다 별이 된 오리온도 있고, 헤라의 질투로 별이 된 곰 자리도 있습니다. 그리고 그 사람의 기억도 저 하늘 넓은 곳에 있습니다. 별을 보면 난 그 사람의 기억 속에 있습니다.

그가 죽은 후에도 세월은 흘렀다. 가을이 되자 단풍이 물들고 겨울엔 떨어졌다. 여전히 흐르는 계절. 이렇게 냉정할지 몰랐다.

겨울이 되자 눈이 오고 신기의 작은 냇가들은 얼어붙었다. 좁은 냇가를 거닐 때, 보레아스가 보였다. 보레아스도 내 눈을 보자 흠칫 놀라는 눈치였다.

"내가 보여?"

오랜 시간 보이지 않았다. 그래서 날 찾지 않는 거로 생각했는데 늘 왔었나 보다. 보레아스는 시냇가 난간에 기대며 허공을 응시했다.

"소식 들었어. 네 따뜻한 겨울이 이제 없어졌구나. 그래서 내가 보이지 않았었구나."

보레아스는 몸을 내게 돌려 커다란 칼을 꺼냈다. 내 몸을 베고 볼에 생채기를 내었다. 그리고 차디찬 얼음 날개를 휘저어 견디기 힘든 찬바람을 내 얼굴에 날렸다. 작은 고드름 같은 것들이 내 얼굴에 박히는 느낌이었다. 내 머리카락은 세차게 날렸다. 나는 피하지 않고 보레아스의 폭력을 무방비로 맞았다.

"이제 좀 낫지. 몸이 힘들면 마음이 좀 덜 힘들거든."

보레아스의 말이 맞았다. 몸이 추울수록 마음은 덜 아팠다.

"너도 사실은 따뜻한 신이었구나."

보레아스는 하늘로 날아올랐다.

다음 날 아침, 이모가 우리를 불렀다. 나는 잠에서 깼다. 작은언니는 여전히 깊은 잠을 자고 있었다. 아이를 가져서 그런가. 부지런한 작은언니가 나보다 더 오래 잠을 자는 모습은 오랜만이었다. 나는 1층으로 내려와 소파에 앉았다.

"어제 잘 잤니?"

"응 오랜만에 왔는데도, 편하게 잘 잤어."

이모부가 안방에서 나왔다. 나를 보더니 뭔가 할 말을 찾는 표정이었다. 나는 활기차게 인사했다.

"이모부 오랜만이에요. 건강하셨죠?"

이모부는 그저 고개만 몇 번 끄덕이고는 식탁으로 갔다. 물을 한 잔 따라 마시곤 이내 다시 나를 보았다.

"잘 견뎠니?"

이모부가 내게 물었다.

"예."

"그래 산 사람은 살아야지."

사람들은 습관처럼 내게 말했다. 산 사람은 살아야지. 사실 가장 듣기 싫은 말이었다. 왜 살아야 하는지. 나의 표정이 굳어졌는지. 이모부는 말없이 안방으로 들어갔다.

"선희는 아직 자니?"

"응, 그냥 더 자게 두려고."

나는 아침밥을 먹고 가방을 챙겨 이모 집을 나왔다. 그의 장례식이 끝나고 나는 그의 노트 한 권을 챙겨 신기로 갔었다. 마치 일기 같은 그의 기록들. 그곳엔 내가 서울에 없던 기간, 마지막 1주일 동안 그의 행동들이 적혀 있었다.

그중에서 나는 그가 혼자 갔던 곳을 찾고 싶었다. 그의 흔적들을 좇고 싶었다. 곧 내가 다시 그를 만날 때, 할 얘기가 더 많아질 테니까.

나는 당신의 흔적을 좇습니다. 당신이 마셨던 커피를 마시고, 당신이 있었던 자리에 앉습니다. 당신의 사진 속엔 흔적이 있습니다. 나는 당신이 올랐던 산에 올라. 당신이 섰던 자리에 섭니다. 같은 공간, 그저 시간만 다르다고 위로합니다. 당신의 사진을 보고 나도 같은 풍경의 사진을 찍어

봅니다. 당신과 함께 있는 것 같아서. 그냥 그게 좋아서요.

버스 정류장에서 버스를 탔다. 노트에 적힌 대로, 그가 탔던 버스, 자리에 앉았다. 히메로스도 내 옆에 앉았다. 그리움의 여신, 회상의 여신. 내 옆에 앉아 엄숙한 표정으로 그리움의 가루를 내게 뿌렸다. 나는 히메로스를 보았다.

"그만 뿌려. 아니면 웃으면서 뿌리든가. 내가 뭐라도 되는 것 같잖아."

히메로스는 손을 거두어들였다. 내 옆자리에서 등을 기대고 앉아 앞을 보며 말했다.

"네가 가장 그리운 날은 언제야?"

내가 가장 그리운 날, 다시 살고 싶은 하루.

고등학교 2학년 때, 여름방학이었다. 큰언니는 여전히 출판사에 근무했고, 작은언니는 서울에서 대학에 다니고 있었다. 두 언니는 모두 이모 집에 머물렀다. 나? 나는 방학이어서, 역시 찬란한 방학이어서 이모 집에 있었다.

어느 날 큰언니가 자신이 근무하는 출판사에서 신간이라며 책을 가져왔다. 우리 모두를 불러 모았다.

"새로 나온 책인데, 괜찮은 내용이 있어서 내가 가져왔어. 너희들이랑 오빠한테 물어볼 게 있어서."

괜찮은 내용? 난 관심이 생겨서 언니의 말에 귀를 기울였다.

"사람이 죽으면, 고달픈 일생 잘 살아왔다고, 생애에서 가장 좋았던 날을 묻는대. 그리고 그날만 한 번 더 살 수 있게 해 준대. 똑같이. 다들 한 번 더 살고 싶은 날을 떠올린 다음 대답해 줘."

너무나 많은 날이 떠올랐다. 한 번 더 살고 싶은 날들. 그중에 하루를 고르라는 건 쉽지 않았다. 그리고 앞으로 있을 수많은 날. 그중에도 잊지 못할 날들이 있을 텐데. 나는 미래의 여러 가지를 생각하다 얼굴이 붉어졌다.

그를 보니, 그도 생각하고 있는 것 같았고, 선희 언니도 나름 자신의 인생을 되돌아보고 있는 표정이었다. 내가 먼저 대답했다.

"나는 아직 그날이 오지 않은 것 같아. 내가 한 번 더 살고 싶은 날은 역시 미래에 있을 거야."

큰언니는 책의 내용을 이미 보았는지, 신속하게 대답해 주었다.

"책의 내용인데 너처럼 대답하는 사람이 인생을 긍정적으로 사는 거래. 하지만 지금은 오늘이 마지막 날이라고 생각하고 대답해 줘. 그래야 재미있거든."

선택은 쉽지 않았다. 나는 힘들게 하루를 선택했다. 그도, 작은언니도.

"좋아, 그러면 그날의 가장 중요한 순간을 떠올려. 그 순간이 있어서 한 번 더 살고 싶은 거니까."

순간을 선택하는 건 쉬웠다.

"그 순간에 자신을 포함해 몇 명이 함께 있는지 숫자를 말해 줘."

많으면 좋은 걸까? 난 겨우 두 명인데. 그가 먼저 말했다.

"네 명."

왜? 두 명이 아니고, 네 명인 거지? 나와는 다른 날인가? 나와 상관없는 날인가?

"난 열 명 정도?"

작은언니는 어느 날을 한 번 더 살고 싶은데 열 명이나 되지?

나도 대답했다.

"난 두 명."

큰언니는 다시 질문했다.

"그 사람 중에 이름을 알고 있는 사람은 몇 명이야?"

"네 명 이름을 다 알지."

"난 다섯 명."

"난 두 명밖에 안 되니까. 당연히 다 알지."

큰언니는 책을 펴고 읽기 시작했다.

"지금까지 살아온 인생에서 가장 행복한 사람들의 이름이야. 앞으로 자주 그 사람들과 전화하고 연락해. 언젠가 추억이 되면 아쉬운 이름들이니까. 추억이 되기 전에 자주 연락해서 만나고 행복한 이름이 되게, 만약 이미 추억이 되었다면 그래도 연락해. 다시 행복한 이름이 될 수 있도록. 다시 행복한 사람으로 살 수 있도록."

다들 끄덕였다. 과학적인 근거는 없었다. 책 한 권씩을 선물로 받았다.

"오빠는 어느 날인데 네 명이야?"

내가 묻고 싶은 말이었는데, 작은언니가 물었다.

"우리 네 명이 처음으로 같이 영화관에 갔던 날. 그 순간을 다시 살고 싶어."

큰언니가 기억을 더듬었다.

"아, 맞아. 내가 도와줬던 날. 그럼, 오늘 다시 그날로 가자."

우리는 야간 영화표를 예매하고 영화관으로 갔다. 버스 안에서 나는 그에게 물었다.

"왜? 하필 그날이야?"

"그날이 가장 설렌 날이야. 영화가 영원히 끝나지 않길 바랐고, 시간이 그대로 멈추길 바란 유일한 날이야."

"네 명이 함께여서?"

"아니, 네가 내 무릎 위에 있어서."

"그런 날은 많잖아."

"그날 너의 표정을 봤거든. 그날 영화가 시작되기 전에 내가 팔로 널 감쌌거든. 네가 내 팔을 한 번 보더니, 다시 날 올려봤었어. 내가 본 가장 아름다운 인간의 표정. 그 표정을 난 영원히 잊을 수 없을 것 같아. 매일 떠오르는 표정이야. 그래서 그날이 언제나 어제 같아."

영화관은 예전과 달랐다. 입장권마다 지정 좌석이 있었다. 야간 영화라 그런지 사람은 많이 없었다. 네 명이 함께 앉을 수 있는 자리는 있었다. 각자 자리에 앉을 때, 나는 그의 무릎에 잠시 앉았다. 그때처럼 그는 나를 감싸 안았다. 그의 팔을 보고 올려보려 했는데 키가 자라서 올려볼 수 없었다. 시간은 야속하게 흘러, 나는 자랐고, 그의 마음속 어제 같은 내 표정은 보여 줄 수 없었다. 그냥 한 번 쳐다보곤 그의 옆자리에 앉았다.

나는 옆자리에 앉아 물었다.

"시간을 되돌린 신이 있었어?"

"아니. 시간을 되돌린 신은 없었어."

시간은 신도 되돌릴 수 없을까? 신 위에 어떤 존재가 더 있어야 시간을 되돌릴 수 있을까? 어떡하면 순수했던 그 날로 다시 돌아갈 수 있을까?

히메로스가 다시 물었다.

"네가 가장 그리운 날은 언제야? 네가 다시 살고 싶은 날."

"나도 같아. 처음으로 그의 무릎 위에서 영화를 본 날. 그날 확실히 느꼈거든, 내가 이 사람을 너무 좋아하는구나. 그가 날 아주 좋아하는구나. 네 명이 갔었거든, 근데 그걸 아는데도 나는 두 명이라고 대답했었어. 두 명이라고만 느꼈거든. 그날 그곳에 큰언니, 작은언니도 함께 있었던 거야."

나는 그의 노트에 적힌 버스 정류장에 내렸다. 그리고 작은 카페로 들어갔다. 커피 한 잔을 받아 들고 그가 앉을 만한, 그가 좋아했을 만한 자리로 가서 앉았다. 그가 취했을 자세를 취하고 나도 커피를 마셨다. 같은 공간, 다른 시간 속에서 그와 나는 커피를 함께 마셨다.

카페에서 나온 뒤 북한산 등산로를 찾았다. 노트에 끼워진 사진을 보고 등산로 입구에 섰다. 나는 운동화 끈을 다시 확인했다. 노트에 적힌 난이도는 하. 등산 초보자들도 쉽게 오를 수 있어. 내가 서울에 오면 함께 와야겠다고 적혀 있었다.

등산로 입구에서 본격적으로 산행을 시작했다. 10분쯤 지났을 때, 숨이 치밀어 왔다. 이게 난이도 하라니. 숨이 목을 꽉 채우고 토해 낼 정도인데, 그래도 올랐다. 가쁜 숨을 몰아쉬었지만, 멈추지 않고 위로, 위로 올랐다. 계속 오르자 숨쉬기가 조금 편해졌다. 중턱에 올랐을 땐, 경사가 높았다. 등산로도 좁아져서 손으로 바위를 짚지 않으면 도저히 올라갈 수 없는 길들이 시작됐다.

노트엔 그냥 바위들이 많다고만 적혔는데, 바위가 많은 게 아니고, 그냥 바윗덩어리뿐이었다.

그도 이곳을 지날 땐 손을 짚고 올랐을 텐데. 나는 내 손이 짚이는 곳보다 조금 멀리 손을 짚었다. 그의 손이 짚었을 만한 자리. 그곳을 짚어야 했다. 그래야 그가 나의 손을 잡고 끌어 주는 느낌이 날 테니까. 아마 우리가 이 산에 함께 왔다면 그는 먼저 올라가서 내 손을 잡고 끌어 주었겠지.

바위를 짚으며 한참을 올랐다. 겨울인데도 땀이 났다. 목도리를 풀어 가방에 넣었다. 외투 안으로 찬바람이 그대로 들어왔다. 춥지 않았다. 시원했고 땀이 마르는 느낌이 좋았다. 다리에 힘이 풀렸다. 계속 오를 수는 없을 것 같아 적당한 바위를 찾아 쉬었다. 산 아래를 내려다보니 계곡이 보였다. 계곡은 내 시야를 넓히더니 서울의 높은 빌딩들도 내 눈 아래에 두었다. 사진에서 본 풍경, 나는 노트를 꺼내 사진을 뒤적였다. 사진 속의 풍경은 내가 보는 풍경과는 달랐다. 아무래도 조금 더 올라가야 사진과 같은 풍경을 볼 수 있을 것 같았다.

나는 다리를 몇 번 두들기고, 다시 산을 올랐다. 바윗길이 끝나고 나무로 만든 계단길이 보였다. 위를 올려보자 적어도 아파트 20층 높이는 될 것 같은 계단이었다. 한 계단씩 올랐다. 중간쯤에 와서 다시 한번 쉬었다. 그리고 계곡 아래 풍경을 다시 확인했다. 사진 속 풍경과는 달랐다. 사진 속 풍경엔 나뭇가지 같은 가리는 게 없는데, 내 눈에 들어온 풍경엔 너무 많은 나무가 있었다. 이 사람. 정상에서 이 사진을 찍었다.

허탈한 웃음이 나왔다. 이렇게 힘들게 올랐는데, 아직 정상 아니라니. 도대체 얼마나 산을 타야 이런 등산로가 난이도 하에 해당할까?

나는 잡념들을 떨치고 다시 계단을 올랐다. 다 오르느니 능선이었다. 나는 능선을 따라 오른쪽으로 갔다. 비봉으로 가는 능선, 그 능선 중간쯤에서 커다란 바위가 솟았다. 뒤를 돌아보았다. 향로봉이 보였다. 나는 사진 한 장을 노트에서 꺼냈다. 아마 이쯤일 거로 생각했다. 나는 사진 속 향로봉과 내 눈 속의 향로봉을 비교했다. 나는 그가 찍은 사진과 같은 풍경의 사진을 찍었다.

나는 그가 가지 않은 향로봉으로 방향을 틀었다. 능선을 따라 20분 정도 걷자, 사진 속 봉우리가 나타났다. 향로봉. 실족 사고가 자주 발생하는 지역이니 조심해야 한다는 경고문이 보였다. 나는 두 팔, 두 다리로 기다시피 향로봉 가장 꼭대기 바위 위에 섰다. 아래를 내려다보니 현기증이 났다. 마치 산이 그대로 무너져 버릴 것 같은 기분. 내가 서 있는 바위가 그대로 산 아래로 굴러떨어져 버릴 것 같은 기분. 일단 주저앉았다. 그 바위에서 내려오고 싶지 않았다. 마음을 진정시키고 다시 일어섰다. 그리고 방금 내가 사진을 찍었던 쪽을 바라보았다. 한참을 서 있었다. 그곳에서 그는 내가 있는 향로봉의 사진을 찍었었다. 나는 그가 찍은 사진 속 풍경이 될 수 있었다.

향로봉에서 내려와 다시 비봉 쪽으로 걸었다. 비봉에 도착하자 사람들이 바위 옆길로 올라가는 모습이 보였다. 나도 그들이 택한 경로로 함께 바위에 올랐다. 위만 보면서 다시 두 팔과 두 다리로 바위 위에 올랐다. 그리고 계곡을 보았다.

여기구나. 나는 그와 같은 공간에 있었다. 그저 시간만 다른 같은 공간. 나는 또 그가 찍은 풍경과 같은 사진을 찍었다. 세상을 내 발아래에 두는 그 공간.

천천히 조심조심 바위 위에서 내려왔다.

다시 그의 노트를 봤다. 능선을 따라 사모바위로 갔다. 갈림길에서 이정표를 만났다. 이 이정표 앞에서 그는 고민했었다. 나도 잠시 그가 고민했을 위치에 함께 섰다. 이정표의 정령이 내게 말을 거는 듯했다.

"오래전에 그가 왔었어."

나는 가볍게 정령에게 인사를 하고, 그가 택한 오른쪽 길로 하산을 시작했다. 나는 노트를 들어 정령에게 가볍게 흔들어 보였다. 혼자 온 게 아니라고, 함께 온 거라고.

하산하는 길은 가벼웠다. 땀이 식어 추웠다. 나는 다시 목도리를 꺼내 목에 둘렀다. 목도리는 땀에 젖어 축축했다.

산에 있는 작은 것들도 눈에 들어왔다. 오를 때는 보이지 않던 것들이 내가 힘들 때는, 없었던 것들이 보이기 시작했다. 나무들의 모양, 깨끗한 물, 작은 조약돌, 그리고 겨울에도 살아 있는 이끼.

내 폐가 커졌다고 느꼈다. 다리에 생긴 약간의 통증도 즐거웠다. 이런 기분이구나. 산에서 내려오는 기분, 그래서 힘들어도 산을 오르는구나. 산에서 자란 나도, 산에서 내려온 아이였던 나도 산에 대해 많이 몰랐다.

둘레길이 나왔다. 아직도 4km 정도를 더 걸어야 한다. 둘레길은 정리가 잘 되어 있었다. 걷기가 편했다. 경사도 심하지 않고, 걷기에 딱 좋은 길이었다. 그와 함께 왔더라면 천천히 걸으면서 많은 얘기를 나눴을 만한 길이었다. 둘레길이 끝나가자 내가 오전에 도착했던 버스정류장이 나무 계단 아래에 있었다.

버스정류장으로 내려오는 계단에서 다리가 시큰거렸다. 시간을 보니 5시간이 걸렸다. 노트에 적힌 시간보다 한 시간 반이 더 걸렸다. 다음 목적지는 그가 등산 후에 갔던 빵집이었다. 적당한 버스 노선이 없어 그를 따라 나도 택시를 탔다. 30분 정도 걸려 빵집에 도착했다.

'세상에 이렇게 큰 빵집이 있다니?'

곧 그를 만날 텐데 이 빵집 얘기를 제일 먼저 꺼낼 것 같았다.

나는 그가 샀던 빵을 사고, 그가 주문했던 음료를 주문했다. 쟁반에 먹을 걸 챙겨서 역시 그가 앉았던 소파로 갔다. 평일 낮이라 그런지 다행히 사람들이 많이 없었다. 난 테이블에 쟁반을 놓고 앉았다.

빵집 통로에서 찍은 그의 사진을 찾아 꺼냈다. 아마도 누군가에게 부탁해서 찍었을 사진. 나는 사진과 통로를 비교했다. 통로 바닥엔 '포기하지

마!'란 글자가 인쇄되어 있었다. 그는 '포'자 위에 서서 사진을 찍었다. 나도 '포'자 위에 서서 사진을 찍으려 했는데, 사진엔 없는 화분이 그 자리를 차지하고 있었다. 6년 동안 이 커다란 빵집에도 변화가 있었다. 잠시 고민하고 있는데 히메로스가 화분을 가리키며 말했다.

"살짝 밀면 밀릴 것 같은데."

나는 슬며시 주변을 살피다가 발로 화분을 조금 밀어 보았다. 밀렸다. '포'자가 확연히 보였다. 이래도 괜찮을까 싶었다.

히메로스가 내게 변명거리를 주었다.

"이렇게 가릴 거면 바닥에 인쇄를 왜 해? 수형이 네가 빵집에 도움이 된 거야."

나도 그 자리에 섰다. 빵집 직원에게 부탁해 사진을 찍었다.

소파에 앉아서 빵을 먹었다. 음악을 들으면서 시큰거리는 다리를 주물렀다.

백련산 산책로와 공연장이 남았다. 그는 이 다섯 군데 모두를 하루에 다 다닌 모양이었다. 나는 그와 같은 체력이 없어서. 등산로에서 시간을 많이 보냈고, 소파에서도 시간을 많이 보냈다. 백련산 산책로와 공연장은 하루 더 미루기로 하고 가까운 전철역으로 가 이모 집으로 돌아왔다.

이모 집에 오자 큰언니도 와 있었다. 마치 이모 집이 우리의 진짜 집인 것처럼. 나는 빵 보따리를 풀었다. 저녁은 빵으로 해결하기로 했다. 같은 공간, 다른 시간에서 온 빵으로.

천둥, 번개, 내숭

"수형이 고2 때 여름방학인가? 그날 내가 야근을 하고 집에 늦게 들어왔거든."

빵으로 저녁을 해결하고, 큰언니가 추억을 꺼냈다.

"그런데 방에 너희 둘, 아무도 없는 거야. 밖에는 비가 쏟아지지, 천둥소리는 크지. 나름 살벌한 날이었어. 오빠한테 가서 물어볼까 했지만 자고 있을 것 같아서, 이모도 잘 것 같았고, 그래서 현관에 가서 신발을 확인했는데, 선희 신발도 수형이 신발도 모두 있어서 걱정은 안 했지. 방에 다시 와 보니 선희 가방이랑 수형이 외출복도 모두 있더라고, 그래서 일단은 안심하고 잤지."

얘기를 듣다 보니, 어떤 날인지 감이 왔다. 작은언니는 아직 감을 잡지 못했나 보다.

"다음 날 평소보다 일찍 일어났거든, 회사 일이 많아서 일찍 출근하려고, 1층에 내려왔더니 오빠가 소파에 앉아 있고, 이모는 주방에 있었어. 너희 둘이 보이지 않더라고. 그래서 내가 오빠한테 혼잣말처럼 말을 했

어. '어, 얘들이 어디 갔지?'

그날 저녁, 잠잘 시간이 다 됐는데, 큰언니, 작은언니 모두 집에 돌아오지 않았다. 나 혼자 방에 있었다. 큰비가 내리고, 번개가 때렸다. 이어지는 천둥소리는 경쾌했다. 하늘에서 제우스가 커다란 드럼을 연주했다. 제우스의 손에서 뻗어 나오는 번개는 화려한 조명이었다. 나는 커튼을 걷고 신이 나서 제우스의 콘서트를 감상했다. 제우스의 열렬한 팬인 나는 환호성을 질렀다.

너무 흥분했는지 잠이 올 것 같지 않았다. 나는 베개를 들고 그의 방으로 들어갔다.

"안 자니?"

"응. 비도 너무 많이 내리고, 번개에 천둥소리가 나서."

나는 그의 방에 앉아 벽에 등을 기대었다.

"제우스가 사랑한 대상 중에 헤라의 눈치를 가장 많이 본 건 누구야?"

"이오라고, 헤라 신전에서 일하던 사제가 있었어."

라고 시작했던 백 개의 눈에 관한 이야기는 이렇다.

제우스가 고민에 빠졌다. 첫눈에 사랑에 빠졌는데 하필이면 그 대상이 헤라 신전에서 일하는 여사제였다. 자신이 아무리 이름난 바람둥이라고 해도 아내의 신전에서 일하는 사제를 건드리는 건 아닌 것 같았다. 하지만 자꾸 눈에 띄었다. 눈에 안 띄면 보고 싶었다.

제우스는 구름 속에 숨어서 헤라의 신전을 내려다보고 있었다. 넓은 신전에 이오가 있었다. 헤라는 신전에 없었고, 다른 사제들도 보이지 않았다. 제우스는 이오를 불렀다. 이오는 하늘을 올려봤는데, 어느새 자신은 구름 속에 있었다.

눈치 빠른 헤라가 제우스를 찾아왔다. 제우스는 이오를 구름 속에 숨기고, 헤라를 맞았다. 제우스는 아무 일도 없는 듯이 평소처럼 행동했다. 하지만 구름은 어색했다. 여기 있으면 안 어울리는 구름. 헤라는 구름을 지적했다.

"저기 구름이 수상하네요. 저 구름 속에 뭐가 있나요?"

구름 안에 숨긴 이오를 헤라가 본다면, 헤라는 이오에게 또 무슨 짓을 할까? 제우스는 서둘러 구름 속에 있던 이오를 암소로 변신시켰다. 헤라가 구름을 꾸짖어 다른 곳에 보내자. 암소 한 마리가 하늘에 둥둥 떠 있었다.

"저 암소를 저에게 주세요. 혹시 제게 주지 못할 다른 이유가 있는 건 아닐 테죠."

제우스는 어쩔 수 없이 이오를 헤라에게 넘겼다. 헤라는 암소가 된 이오에게 제우스의 변신술이 풀리지 않도록 저주를 걸었다. 그리고 눈이 백 개 달린 괴물 아르고스에게 데려갔다.

"이 소가 어디에도 갈 수 없도록 잘 지켜라."

아르고스는 눈이 백 개다. 잘 때도 눈 두 개만 감고 자기 때문에, 아르고스의 눈을 피해 이오가 도망갈 방법은 없었다.

무당에게 얘기를 들은 이오의 아버지와 식구들이 아르고스를 찾아왔다. 하지만 그곳에 있는 것은 이오가 아니고 암소 한 마리였다. 이오는 자신의 발로 땅에 자신의 이름을 적었지만, 아버지도 다른 식구들도 땅에 적힌 글자를 보지 못했다. 아르고스만 이오가 적은 이름을 보고, 이오의 식구들을 자신의 공간에서 쫓아냈다.

제우스는 헤르메스를 불렀다.

헤르메스는 아르고스를 찾았다. 피리를 연주했다. 아주 느린 연주. 그리고 지루한 얘기를 해 줬다. 아르고스는 잠이 들었다. 평소엔 두 개만 감기던 눈이, 헤르메스의 느린 연주와 지루한 얘기에 백 개의 눈이 모두 감겼다. 헤르메스는 칼로 아르고스를 베어 죽였다.

헤르메스는 이오를 데리고 이집트로 건너갔다. 하지만, 이오는 여전히 암소의 모습이었다.

제우스가 헤라를 만나 맹세했다. 스틱스강의 이름을 걸고, 다시는 이오를 만나지 않겠다. 헤라는 마음이 풀렸다. 헤라는 이런 여신이다. 제우스만 바라보고, 제우스를 위해 마음이 아픈 여신. 헤라는 이오에게 걸었던 저주를 풀었다.

헤라의 저주가 풀리면서, 제우스의 변신술도 함께 풀렸다. 이오는 다시 사람의 모습으로 돌아올 수 있었다.

헤라는 아르고스의 시신을 수습했다. 자신의 명령을 지키다 죽은 아르고스의 눈을 떼어 공작의 꼬리에 붙였다. 지금도 숫공작이 꼬리를 활짝 펴면, 이오를 감시하던 아르고스의 눈을 볼 수 있다.

헤르메스의 이야기를 듣던 아르고스처럼, 나는 그의 방에서 까무룩 잠이 들었다. 분명 앉아 있었는데, 누워 있었고, 누군가의 따뜻한 손이 내 몸에 이불을 덮어 주었다. 나는 편안히 밤을 보낼 수 있었다.

아침. 바깥 거실에서 들리는 소음에 잠시 정신이 들었다.

"얘들이 어디 갔지?"

큰언니의 목소리였다. 곧이어 그의 목소리가 들렸다.

"어제 번개랑 천둥소리가 심했잖아. 무섭다며 내 방에 들어와서 잠시 얘기를 나눴는데. 스르륵 잠에 들더라고, 그래서 내가 이불 덮어 주고 재웠어. 아직도 자고 있어."

큰언니가 혼잣말처럼 읊조렸다.

"다 큰 녀석이 아무리 오빠라도 그렇지. 수형이가 알면 어떡하려고?"

그가 대답을 수정했다.

"어제 수형이가 방에 와서 내가 재웠다고."

이모의 목소리도 들렸다.

"어제 선희는 안방에서 나랑 같이 잤는데, 어제 이모부 출장 가셔서 안 오셨잖아."

갑자기 큰언니의 헛웃음 소리가 들렸다.

"그러니까 어제 오빠한테 번개, 천둥소리가 무섭다고 한 사람이 선희가 아니고, 수형이라고?"

"응."

그는 뭐가 이상하냐는 듯이 대답했다. 언니의 헛웃음 소리가 한 번 더 들렸다.

“오빠. 수형이가 마음이 참 약해. 심장도 겁이 참 많아. 어제 잘했어.”

나는 정신이 다 들었지만, 계속 이불 속에서 자는 척했다.

큰언니는 식탁에 앉아 아침밥을 먹었다. 그리고 출근하기 전에 그의 방문에 대고 나를 불렀다. 작은 소리로.

“수형아. 언니 출근한다. 이제 나와도 돼.”

“나는 그때, 수형이한테 내숭이 있다는 거 처음 알았어. 그런 게 없는 아이라고 생각했는데.”

사실 나는 억울했다. 번개가 치고 천둥소리가 나서 왔다고 했지. 무섭다고 한 적은 없었으니까.

“내숭이라는 거. 좋아하니까 하는 거야. 네 큰 형부는 내가 비둘기나 새들을 무서워한다고 생각해. 어느 날 공원에서 내가 먼저 팔짱을 꼈는데, 그때 갑자기 비둘기가 날아올랐거든. ‘선영 씨, 비둘기가 싫으세요?’라고 묻길래, ‘네’라고 대답했어. 내가 좋아하는 사람이니까. 좋아하는 사람 앞에선 내가 바뀌더라고.”

“수형이는 엄마, 아빠 앞에선 내숭이 장난 아니었지.”

작은언니가 내 내숭을 기억해 냈다.

“오빠가 서너 번 신기에 온 적이 있었잖아. 올 때마다 오래 있었던 건 아니지만, 그때마다 오빠한테 말도 안 하고, 평소처럼 매달리지도 않고. 밥 먹을 때, 엄마가 수형이 시켜서 오빠 불러오라고 해도 자기는 안 가고, 그래서 내가 매번 가서 불렀지. 엄마가 나한테 수형이가 오빠 싫어하냐고 오빠랑 싸웠냐고 물은 적도 있어."

큰언니가 맞장구를 쳤다.

"그렇구나. 나도 기억이 나. 그래서 수형이 대학교 1학년 때, 오빠 손잡고 신기에 갔을 때, 아빠는 그냥 덤덤했는데, 엄마가 많이 놀랐던 기억이 나. 저 애들 원래 싫어하는 사이 아니었냐고, 그래서 내가 사실대로 다 얘기했었지. 엄마는 아마 오빠랑 선희가 어울린다고 생각했었나 봐."

자동차 여행

내가 고3이던 여름방학, 그가 신기에 왔었다. 평소에는 이모가 날 데리러 왔지만, 그때는 어쩐 일인지 그가 대신 왔다. 이모의 자동차를 끌고. 그가 온다는 편지를 받았을 때 나는 너무 기뻤다. 세상의 모든 나무가 손뼉을 쳤고, 마당의 풀들이 환호했다. 평소에 우리의 편지를 싫어했던 헤르메스마저 내게 축하 인사를 건넸다.

그가 고속도로를 빠져나왔다고 전화했을 때, 나는 철길 건널목까지 나갔다. 고속도로 입구에서 신기역을 지나 작은 철길 건널목을 건너면 빨간 기와집이 보인다. 기와집 옆으로 작은 골목이 있고, 그 골목을 따라 산비탈을 올라가면 우리 집이었다. 두어 번 왔었지만, 혹시 그가 못 찾을까 봐, 그가 나를 보기 전에 방황할까 봐, 나는 건널목까지 마중 나갔었다.

낯선 차들이 몇 대 지나가고, 낯익은 이모의 차가 보였다. 차는 나를 향해 왔다. 유난히 햇빛을 받아 반짝이는 차가 내 앞에 섰다. 차 유리가 내려가고, 그 안에는 나의 그가 있었다.

"내려."

나는 무뚝뚝하게 말했다. 그가 차에서 내렸다. 나는 그를 안았다. 오랜만이니까. 이제 집으로 가면 안을 기회가 없을 테니까. 부모님 앞에서 아직 이 사람을 안을 수 없었으니까. 한참을 안고 있었다. 그가 나를 안아 들고, 조수석 쪽으로 가 내려 주었다. 차 문을 열어 주었다.

내가 조수석에 앉고, 그가 운전석에 앉았다. 차는 다시 움직이며 기와집 옆 골목길로 들어섰다. 골목길을 차로 3분 정도 올라가면 우리 집이 나왔다. 나는 그가 운전하는 차에 앉아서 조금 전과는 너무나 달라진 내 고향 집의 풍경들을 신기하게 쳐다보았다.

귀에 익은 목소리가 들렸다.

"수형아, 언니는 안 보이니?"

뒤를 돌아보니 작은언니가 있었다. 서울에서 대학을 다니는 언니가 그와 함께 신기에 온 것이었다.

"같이 왔어? 뒤에 앉아 있어서 못 봤잖아. 근데 왜 뒤에 앉아 있어?"

"옆자리는 주인 있는 자리라고 못 앉게 해서."

작은언니가 수줍게 웃었다.

차는 금세 우리 집 마당에 들어왔다. 그는 시동을 끄고 집안을 향해 소리쳤다.

"저희 왔습니다. 어머니."

역시 막내 사위답게 귀엽게 행동하는 법을 알고 있었다. '어머니'라니.

엄마는 그를 좋아했다. 많이 만난 건 아니지만, 언니들이 늘 그에 관한 얘기를 많이 해서, 어쩌면 자신이 본 것보다 그를 더 많이 알고 있다고 생각하는 것 같았다. 엄마는 항상 그를 보면 반겼다. 그래서 나는 엄마가 좋았다.

그와 나는 우리 집에서 하룻밤 자고, 다음 날 서울에 갈 예정이었다. 역시나 핑계는 내가 고3이니까 좋은 학원에 가야 한다는 거였다. 작은언니는 1주일 정도 신기에 있을 거라고 했다. 언니는 대학생이 되니 반대가 됐다. 학기 중엔 서울에 있고, 방학 중엔 잠시 신기에 있고.

아빠는 그를 봐도 별로 내색이 없었다. 그가 아버님이라고 인사를 해도 무심하게 반응했고, 아주 작은 예의로만 응대했다. 아빠에게 그는 그저 풍경 같은 사람일까?

그날도 나는 집에 있으면서 그의 곁에 가지 않았다. 말도 하지 않았다. 식사 자리에서 가장 먼 곳에 앉았다. 다른 식구들 식기는 모두 내가 챙겼는데, 그의 식기는 챙겨 주지 않았다. 눈치 보던 작은언니가 그 앞에 숟가락과 젓가락을 놓아 주었다. 혹시라도 내 마음을 아빠가 알면 그를 싫어할까 봐. 그도 내 눈치를 알아차린 건지. 궁금한 게 있으면 작은언니에게 물어봤다.

고향 집엔 원래 욕실이 없었다. 좁은 화장실에서 샤워하곤 했는데, 두 언니가 크면서 아빠는 마당 한쪽에 욕실을 새로 지었다. 작은 욕조를 만들고, 가스통과 연결해서 언제나 뜨거운 물이 나오는 욕실이었다. 아주 좋은 건 아니고 시골 동네 목욕탕처럼. 옷장도 있고 평상에서 쉴 수도 있고, 세탁기도 들여놔서 세탁도 가능했다.

우리 세 자매가 함께 목욕하면, 좁은 감도 있었지만, 우리는 욕실에서 샤워도 하고 몸을 다 말리고 방으로 들어올 수 있었다.

그가 마지막으로 우리 집에 왔을 땐 욕실이 없었다. 그가 가방에서 수건과 칫솔을 꺼낼 때, 엄마는 나를 찔렀다. 욕실로 안내해 주라는 뜻이었다. 나는 큰 입 모양으로 '내가 왜?'라고 해서 엄마는 실망한 표정을 지었다. 곧 작은언니가 눈치를 채고 그를 데리고 욕실로 안내했다.

그가 욕실에 가고 없을 때, 나는 아빠가 들으라고 표독스러운 혼잣말을 했다.

"물 아깝게 씻긴 왜 씻어?"

나의 표독스러움에 아빠가 그에게 작은 애처로움이라도 갖길 바랐다.

그가 남동생 방에 자러 갈 때도 나는 모른 척했다. 작은언니의 핸드폰을 빌려 '나 수형인데, 잘자'라는 문자만 몰래 보냈었다.

신기까지 운전하고 와서인지 그는 일찍 잠에 들었다. 나는 방에서 작은언니와 누워, 내가 없던 시간에 그가 어떻게 지냈는지 캐물었다.

그러다, 부모님이 하시는 얘기를 들었다.

"부모 없이 자랐는데 녀석이 잘 자랐군. 그 형님 사고로 미리 갔지만 남은 막내아들이 저렇게 잘 자랐으니, 지금쯤 두 눈 편히 감았겠구먼."

"그러게요. 그 언니도 가는 길에 저 아이가 얼마나 눈에 밟혔을까요? 같이 못 데리고 갔으니. 그때는 얼마나 한이 됐을는지."

엄마는 눈이 붉어졌다.

"그만해. 저렇게 잘 자랐는데, 두 사람 다 지금은 편히 눈 감았을 거야."

나는 놀랐다. 나는 작은언니의 핸드폰을 다시 빌려 마당으로 나갔다.

그리고 이모에게 전화했다.

“이모! 오빠 부모님이랑 우리 부모님이랑 아는 사이야?”

“응, 넌 몰랐니? 엄마나 아빠가 얘기 안 해?”

“몰랐어. 난 방금 알았는데.”

“난 너도 아는 줄 알았는데. 그런데 그게 뭐 비밀이라고.”

“그럼, 나랑 오빠가 무슨 친척 관계는 아니지?”

“안심해라. 그건 아니니까.”

몰랐다. 인연이 이렇게 깊은지.

그의 부모님 두 분이 고아였고, 보육원에서 함께 자란 사이라는 건 들어서 알고 있었다. 그 두 분이 처음 보육원에서 나와 자리를 잡은 곳이 내 고향 신기였다. 그리고 나의 부모님과 인연이 시작되었다. 그때는 이모도 함께였다. 이모는 결혼하고 군인이었던 이모부를 따라 태백에 갔다. 그리고 그의 부모님이 첫째 아들을 낳자, 좀 더 돈을 벌기 위해 이모의 소개로 강원도 태백에 갔고, 그는 둘째 아들로 태백에서 태어났다. 그 후에도 부모님들끼리는 서로 조금의 왕래가 있었다고 한다.

어떤 사건이 생겼고 그는 부모님과 형을 잃었다. 그 후엔 서울에서 이모가 맡아 키웠다. 그 사건을 어린 나에게 아무도 말해 주지 않았다.

하지만 나는 좋았다. 내가 태어나기 전부터 내 운명의 짝이 미리 정해져 있었다는 신비한 느낌이 좋았다. 어느 날 내가 그의 손을 잡고 고향 집에 나타나. 이 사람이 내 사람이라고 소개해도 어색하지 않을 것 같았다. 엄마도, 아빠도 그가 잘 자랐다고 했으니까.

나는 작은언니에게 핸드폰을 주며 말했다.

"오빠 부모님이랑, 우리 부모님이랑 아는 사이래."

언니는 무심한 표정이었다.

"너는 몰랐니? 선영이 언니는 어릴 때, 오빠를 두어 번 본 기억이 있다고 했는데."

"언니도 알았어? 근데 왜 내겐 말 안 했어?"

"당연히 아는 줄 알았지."

이런 중요한 사실을 나는 뒤늦게 알았다. 늦게 태어난 죄로. 하지만 그건 중요하지 않았다. 다음번 그와 우리 집에 올 때는 손을 잡고 당당히 들어올 것이라고 다짐했다. 내 사람이니까, 잘 자란 내 사람이니까.

다음 날, 나는 자동차에 올랐다. 공부 열심히 하고 오라는 엄마 말에 나는 고개를 크게 끄덕였다.

내가 차에 오를 때, 엄마가 작은언니에게 하는 걱정이 들렸다.

"저 애들 가면서 싸우진 않겠지?"

"내년이면 엄마도 알게 될 거야."

차가 골목길을 빠져나와 빨간 기와집을 지날 때였다.

"내 고향이 태백인데, 우리 한번 들렀다 서울에 갈까?"

지옥이라도 같이 갈 건데, 어디든 어떨까? 나는 좋다고 했다.

"서울로 가고 나서 고향에 가 본 적은 없는 거야?"

"응, 한 번도 가 본 적 없어."

"근데 왜 오늘 갑자기 가려는 건데?"

"기왕 강원도에 온 거고, 여기에서 멀지도 않고, 그곳에도 너와의 추억이 있으니까."

나도 희미한 그와의 추억. 기대됐다. 우리는 시원하게 뻗은 도로를 달리며 웃기도 하고, 싸우기도 했다. 늘 뻔했던 대화지만, 그와 하는 대화였으니까 우리의 모든 대화는 소중했으니까.

점심때가 다 되어 우리는 어느 산골 마을에 도착했다. 약간은 낯익은, 어쩌면 내가 낯익다고 착각하는 마을이었다. 중화요리 집 앞에 주차하고 식당으로 들어갔다.

우리는 간단히 점심을 해결하고, 걸었다. 작은 마을이었다. 그와 나는 함께 마을 한 바퀴를 돌았다. 그는 좁은 마당이 있는 집 앞에 섰다. 마당엔 빨래가 걸려 있었다, 작은 마루가 있고, 그 마루 아래엔 신발이 놓여 있었다. 사람이 사는 집이었다. 그가 손가락으로 방을 가리켰다.

"바로 저 방이야."

나는 그가 가리키는 방을 봤다.

"저 방이 내가 너를 처음 본 곳이야."

나는 내 머릿속 기억을 뒤졌다. 그저 희미하게 그를 태백에서 만난 기억이 있지만, 정확하게 떠오르지 않았다.

"내가 어딜 갔다가 집에 왔는지 기억이 나지 않아. 하지만 내가 집에 도착했을 때, 이모가 널 데리고 여기 우리 집에 있었어. 그때가 내가 널 처음 봤을 때야. 하얀 드레스를 입고, 하얀 양말을 무릎 위까지 신고 있었는데, 뭐가 무서웠는지 이모 옆에 바짝 붙어 있으면서 날 쳐다봤었어. 흔한 애기지만 난 너무 놀랐어. 이모가 어디서 천사를 데려왔구나. 그렇게 생각했거든. 내가 평소에 생각하던 천사의 이미지는 다 날아가고, 내 머릿속에선 네가 천사가 된 거야."

난 정말 천사가 된 기분이었다. 정말로 날아오를 수 있을 것 같았는데 히메로스가 내 어깨를 슬며시 눌렀다.

"잠시 후에 네가 적응됐는지, 내게 다가왔어. 이모는 엄마랑 할 말이 있다며 우리 둘이 놀라고 했고. 너는 내게 마실 걸 달라고 했어. 내가 집에 있던 코코아를 한 잔 타 줬거든. 그걸 마시면서 참 말이 많더라. 말 많은 천사였어. 그렇게 이틀을 더 우리 집에 있다가 이모가 너를 데리고 서울로 가던 날. 내가 참 많이 울었어."

그는 다시 맞은편 다른 방을 가리켰다.

"저 방이 내가 울던 방이야. 몰래."

"섭섭했었어?"

"응, 마지막 인사하던 모습 때문에. 작은 손을 흔들면서 잘 있으라고. 그때는 나도 어려서 그게 마지막이라고 생각했나 봐. 그래서 섭섭했고, 천사가 떠난다고 생각하니까, 내 마음대로 되지 않는 세상이 섭섭해서 울었나 봐."

그는 한참을 그 집 앞에 서 있었다. 내가 옆에 있다는 걸 나중에 깨달았는지 나를 데리고 마을 입구로 갔다.

"여기서 네가 나한테 손을 흔들었어. 집에 가려면 여길 지나가야 했는데, 난 언제나 여기서 서성거리다 집에 들어가곤 했어. 네 작은 손이 아직도 선명하게 기억이 나."

나는 손을 들어, 그에게 보여 주었다. 그때의 그 손은 잊고, 이제 이 손만 보라고. 다시는 흔들지 않겠다고.

그는 나를 데리고 그가 다녔던 학교, 그가 뛰어다녔던 놀이터, 골목길 등을 보여 주었다. 후회됐다. 나도 신기에서 내 추억의 장소를 그에게 보여 줄걸. 하지만 태백으로 온 자동차 여행은 좋았다. 자동차를 타고 그의 추억으로 여행했으니까. 나도 그와 함께했으니까. 마치 내가 그곳에서 그와 함께 커온 기분, 그 기분은 너무나 웅장했다.

하지만 그는 마지막 얘기를 하지 않았다. 혼자서 서울에 가야 했던 얘기. 시간이 흘러 내가 어른이 되고, 그의 슬픔을 받아들일 나이가 된다면 그도 내게 그 얘기를 할까?

우리는 서둘러 차에 올라 서울로 왔다. 예정된 시간보다 늦게 서울에 도착했다. 예정대로라면 오후 2시 전에 도착했어야 했는데, 우리는 저녁 시간 전에야 이모 집에 도착할 수 있었다.

출판사에서 퇴근하고 이모 집에 있던 큰언니가 우리를 보고 말했다.

"오다가 싸운 건 아니지? 사이 나쁜 애들 둘이 한 차로 보냈다고 엄마가 걱정하던데, 살아서 도착하면 전화하라고 했으니까. 수형이 너 빨리 엄마한테 전화해."

내숭 얘기로 우리 세 자매는 밤을 새울 뻔했다. 그리고 다음 날 아침 큰언니는 회사로 출근했다.

작은언니의 눈에는 눈물이 그렁그렁했다. 안 가겠다는 작은언니를 억지로 집으로 돌려보냈다. 신기에 가기 전에 꼭 언니 집에 들른다는 약속을 받아 내고 작은언니도 자신의 집으로 돌아갔다.

뮤지컬

난 이모 집에서 점심을 먹고 집을 나섰다. 어제 가지 못한 백련산 산책로에 갔다. 어쩌면 등산로. 25분을 오르면 정상에 닿았다. 정상엔 은평정이라는 정자가 있었다. 나는 정자 2층에 올랐다. 난간에 기대 멀리 아래쪽에 한강을 보고, 월드컵 경기장을 내려다보았다. 그가 보았던 풍경들을 보고, 그가 걸었던 길을 통해 백련산 아래로 내려왔다. 시간을 맞춰 공연장으로 향했다.

뮤지컬을 공연하고 있었다. 다행이었다. 그도 뮤지컬을 봤으니까. 시간이 많이 흘러서 그가 보았던 뮤지컬은 종영되고 다른 뮤지컬공연을 하고 있었다. 그가 뮤지컬을 봤다니 처음 그의 노트를 봤을 때 믿을 수가 없었다. 그는 노래를 좋아하지 않았다. 평소에 자주 듣던 곡은 홍콩의 어떤 가수 노래뿐이었다. 그 가수는 일본에서 공연 중에 사고로 요절했다.

평일 낮이라 그런지 역시 공연장은 썰렁했다. 사람이 많은 건 싫었다. 그래서 저녁 공연이 아닌 오후 공연을 선택했다.

한 남자가 아내를 잃었다. 방황하던 남자는 낯선 도시로 갔다. 새로운 사람을 만나 사랑에 빠지고 결혼하고 다시 원래의 아내와 살던 집으로 돌아와 사건이 시작되는 이야기였다.

대사가 모두 노래로 구성되어 있었다. 내게 대사 전달이 잘되지 않았다. 곧 그를 만나면 왜 뮤지컬을 봤는지, 이유를 물어봐야겠다. 나는 뮤지컬을 처음 봐서 그랬는지 집중이 되지 않았다. 그는 어땠는지. 어쩌면 그는 뮤지컬이라는 장르가 궁금했을지도 모른다. 혹은 내가 어떤 반응을 할지, 그게 궁금했을 수도 있다.

나는 또 다른 이야깃거리를 하나 챙겨서 공연장을 나와 이모 집에 돌아갔다.

지키지 못할 약속들

공연장을 다녀와서, 나는 이모와 함께 5일을 더 있었다. 날 사랑해 준 사람, 영혼의 관점에서 본다면 이모와 나는 남남과 다르지 않다. 다만 혈연에서 이모와 조카. 그 우연한 인연 때문이라기엔. 난 너무나 과분한 사랑을 받았다. 이모를 안고 5일을 지냈다. 외출도 안 하고, 오로지 이모 집에서만.

"아직 방학이 많이 남았는데, 왜 이렇게 서둘러 가니? 여름방학 때, 또 올 거지. 넌 내 딸이니까."

"응, 꼭 올게."

나는 이모의 손을 잡고 새끼손가락을 걸었다. 지키지 못할 약속을 했다.

백화점에 들렀다. 장갑을 찾았다. 아기 장갑을 샀다. 그리고 유치원생이 낄 만한 장갑과 초등학생이 끼는 장갑도 함께 샀다. 택시를 타고 작은언니의 집으로 갔다. 작은 아파트. 엄마는 작은언니가 서울 아파트로 이사 올 때 함께 와서 짐 정리를 했지만, 나는 그때 오지 못해 언니의 아파트는 처음 오는 것이었다. 작은 거실과 방이 두 개 있었다.

"아파트라 답답해. 한 번도 아파트에 산 적이 없잖아. 우리는."

그랬다. 집이라면 당연히 마당이 있고, 낮은 울타리가 있어야지. 서울 이모 집도 작지만, 마당이 있고, 낮은 담이 있어서 나도 아파트는 낯설었다. 신기에는 아파트가 없어서 엘리베이터를 타고 아파트에 올라가는 건 내게 이색적인 경험이었다.

"산책하러 나가기도 마땅찮아. 그냥 놀이터나 몇 바퀴 돌다가 들어오는 거야. 적응하면 괜찮아질 건데 쉽지 않을 거 같아."

"요즘은 다 아파트에 사니까 금방 적응할 거야."

"엘리베이터 타는 것도 무서워, 떨어질 것 같아."

정말로 무서워하는 표정이었다. 그래도 사랑하는 사람과 함께니까. 그 사람이 언니를 지킬 거니까. 나는 얼른 언니가 아파트 생활에 적응하길 바랐다.

퇴근한 형부와 함께 저녁 식사를 했다. 그러고 보니 셋 다 신기에서 자란 사람들이었다. 잘 시간에 나는 언니와 함께 자고 싶다고 했다. 형부는 내게 언니를 양보했다.

처음 작은언니가 큰언니에게 지금의 형부를 좋아하게 됐다고 고민하던 날이 떠올랐다. 그날 나는 그냥 울라고 했었는데, 이제는 잘 살고 있는 것 같아서 내가 행복했다.

작은언니와 나는 자매라는 인연으로, 그 우연한 인연으로 함께 자랐다. 나는 언니의 눈빛이 좋았다. 언니가 예뻐서 좋았고, 나를 보는 시선이 따뜻해서 좋았다. 날 진정으로 사랑한 사람. 그 우연한 인연 때문에.

인연은 무섭다. 언젠가 죽음으로 헤어져야 할 사람들을 인연은 우연을 가장해 묶어 놓는다. 그 헤어짐의 끝자락에서 우리는 또 얼마나 울어야 할까? 얼마나 슬퍼야 다시는 만날 수 없는 사람을 보낼 수 있을까? 그 영혼을.

나는 백화점에서 산 진한 자주색 장갑들을 언니의 서랍 속에 넣어 두었다. 아이가 태어나기 전에 언니는 서랍을 열 것이고, 진한 자주색 장갑을 보면 내가 둔 것이라 알 것이었다. 내가 간 후에, 내가 신기로 간 후에 언니가 서랍을 열었어야 했는데, 내가 서울을 떠나는 아침, 언니는 그 서랍에서 장갑을 발견했다. 세 가지 크기의 장갑, 언니는 무슨 생각을 한 것일까? 울면서 나를 잡았다.

"수형이 너 이상한 생각하는 거 아니지? 네가 날 지켜야지. 그렇게 약속했잖아."

난 언니의 눈물을 닦았다. 아무렇지 않은 듯 덤덤히 말했다.

"무슨 이상한 생각? 이제 형부가 있잖아. 형부가 언니를 지켜야지."

"왜 장갑이 작은 거부터 큰 것까지 있냐고?"

"어쩌면 내 조카가 클 때, 내가 서울에 못 올 수도 있잖아. 그래서 미리 준비한 거야. 임신하더니 왜 이렇게 눈물이 많아졌냐?"

"아기 장갑 하나만 남겨 두고 나머지 장갑은 버릴 거야. 때마다 네가 와서 장갑을 사 줘."

나는 작은언니를 안았다. 가끔은 동생 같은 언니, 다음 생에 이 언니의 영혼도 나와 다시 함께할 수 있을까? 기억까지는 못 해도, 내 언니였던 건 기억 못 해도, 그냥 내 곁에 머무는 사람이었으면….

언니의 영혼이 너무 무거워, 인연이 너무 무서워, 슬퍼서 눈물이 났다.

"걱정하지 마, 언니. 가을에 조카 낳을 때, 내가 언니 옆에 있을 거야. 내가 언니랑 조카를 지킬게."

나는 언니의 손을 잡고 새끼손가락을 걸었다. 한 번 더 지키지 못할 약속을 했다.

나는 언니 집을 나서며 청량리역으로 향했다. 그가 혼자 있었던 마지막 공간, 삼척 등대로 가는 기차를 탔다.

겨울 바다는 비어 있는 공연장 같았다. 바람은 소나무 사이에서 울고, 파도는 관객 없는 백사장을 보며 쓸쓸함에 울었다. 나는 노트에 끼워진 사진을 꺼냈다. 사진엔 그가 서 있었다. 검은색 옷을 입은 그가 혼자 서 있었다. 그의 뒤로 빨간 등대와 노란 등대가 있었다. 사진을 보며 위치를 가늠했다.

내가 위치를 잡고 섰을 때, 포세이돈이 간섭했다.

"옆으로 조금만 더 와야지."

나는 손가락으로 포세이돈이 말한 위치를 가리키며 말했다.

"이 자리?"

"그래! 그 자리."

포세이돈은 자신 있게 대답했다.

"아니, 나는 그의 옆자리에 서고 싶어서."

나는 그가 섰던 자리 바로 옆에 섰다. 그리고 그의 손이 있던 위치에 내 손을 가져갔다. 나는 눈을 감았다. 내가 손으로 그의 손을 만지면 그는 내 손을 잡고 자신의 외투 주머니에 함께 넣었다. 겨울이니까. 겨울에 내 손은 늘 그의 외투 주머니에 들어 있었다.

그대로 한참을 서 있었다. 오랜만에 그가 정말로 나와 함께 있는 느낌이었다. 눈을 떴다. 포세이돈이 나를 불렀다.

"여기가 마지막인 거니?"

"응."

"이제 어디로 갈 거니?"

"고향으로 가야지. 내가 태어난 곳으로."

삼척에서 버스를 타고 신기로 갔다. 집으로 갔다. 엄마가 있었다. 나는 오랜만에 아빠의 팔을 잡았다. 아무 말도 없었다. 그냥 그렇게 팔을 잡고 기대었다. 아빠는 기분이 좋았는지 웃었다. 아빠는 나이가 들면서 웃음이 늘었다.

"집을 나갈 때, 말을 하고 나가야지. 뻔히 이모 집에 갈 것이라는 거 알고 있었지만, 연락이 안 되는 시간 동안 얼마나 불안한지 네가 알긴 하니?"

"응, 이모랑 선영이 언니, 선희 언니 모두 잘 지내고 있었어."

그날 저녁, 나는 안방에서 엄마, 아빠와 함께 잤다. 그래야 할 것 같았다. 나는 셋째 딸이니까. 난 이들의 막내딸로 태어난 인연이고 영혼이니까.

공무도하가, 임아 그 강을 건너지 마오

수형아! 현재의 사람으로, 고개 돌리면 볼 수 있는 지금의 사람으로 살아가자.

과거의 사람으로, 보고픈 사람으로, 그리운 사람으론 살지 말자.

보고플 틈 없이, 그리울 틈 없이 눈 돌리면 볼 수 있는 현재의 사람으로, 지금의 사람으로 살아가자.

이 편지를 보냈던 사람이, 내가 가진 시간 뒤에서 날 따라오지 않았다. 내가 앞서 온 세월 동안 그는 늘 그 자리에서 과거의 사람으로 어제처럼 서 있었다.

우리는 알고 있다. 서로가 있는 곳을. 그는 내가 있는 곳에 올 수 없지만 나는 그가 있는 곳에 갈 수 있다.

그는 스틱스강에서 신들과 싸우고 있을 거다. 기억을 지울 수 없다고 신들을 향해 발악하며 소리를 지르고 있을 거다. 그 목이 쉬어서 피를 토하고 있을 거다. 그럴 거라고 말했으니까. 이런 그를 생각하니 가슴이 쓰렸다. 그렇게 혼자 싸우게 둔 6년의 세월이 내 눈을 찔러 눈을 멀게 할 것 같았다.

나는 바란다. 그가 아직도 그 강을 건너지 않았기를. 카론의 배를 타지 않고, 오늘도 날 기다리고 있기를.

그에게 가려 한다. 그 강변으로 달려가 그와 함께 싸우려 한다.

함께 소리 지르고 발악해서 우리가 낼 수 있는 최악의 목소리를 쥐어짜서, 올림포스에 있는 모든 신들이 들을 수 있게 떠들썩하게, 우리가 할 수 있는 최선을 다해서 지하 세계를 뒤집어야겠다. 하데스를 만나게 해 달라고. 서로의 기억을 갖게 해 달라고, 내 목이 찢어지도록 외쳐야겠다. 방법을 알려 달라고 졸라야겠다. 그저 한 가지 기억이면 충분하다고, 그저 한 사람의 기억만, 간절히 간절히 간청해야겠다.

신이 된 인간 프시케처럼, 조각이 생명을 얻은 피그말리온처럼. 사랑하는 사람과 영원히 함께하는 에코처럼. 그저 우리에게도 작은 기적 하나만 남겨 달라고.

그는 신들과 살았으니까. 조금은 신들에게 특별했으니까. 하데스는 이미 그를 만나 작은 기적 하나를 알려 주었겠지. 작은 비밀 하나를 알려 주었겠지. 그 방법이 무엇이든 나도 그의 옆에서 함께할 거다. 함께 이루어 낼 거다. 그 옛날 내가 일기를 쓰면 그가 함께 이루어 주었듯. 나도 함께 이루어 내야지. 나도 그와 함께 신화 속에서 살았으니까. 신화가 우리들의 세상이었으니까.

스틱스강에서 그가 나를 보면 놀라서 나무랄 것이다. 왜 벌써 왔냐고,

왜 예쁜 삶, 좀 더 누리지 않았냐고. 나는 그에게 대답할 거다. 그대는 내가 선택한 인연이라고.

나는 욕조에 물을 담았다. 따뜻한 물, 옷을 벗지 않고 욕조에 들어가 누웠다. 왼 손목에 옷을 걷고 맥박을 찾았다. 준비한 칼로 세게 그었다. 주저할 순 없으니까. 내가 원했던 대로 클로토가 짜준 내 운명이니까. 팔목이 찢기는 아픔. 온몸이 타는 듯한 저림. 견딜 수 있었다. 이보다 더 아린 심장을 안고도 살았으니까. 너덜해진 왼 손목이 욕조에 담긴 물에 빠졌다. 뿜어져 나오는 붉은 피가 내 얼굴에 튀고, 욕조의 물을 붉게 물들였다. 점점 더 검붉게 진해지는 물이 보기 싫어 시선을 올려 욕실의 천정을 보았다. 정신이 흐려졌다. 얼마나 흘렀을까? 아득해진 정신에 내가 있는 곳조차 알 수 없었다. 손목에 고통이 잦아들고, 심장이 멈춘다고 생각했을 때, 페르세포네, 죽음의 여신이 다가왔다. 체온이 식어 가는 나를 기꺼이 안았다. 그 옛날, 내가 그의 노트를 훔쳐본 날, 그가 돼지가 되어도 나는 그를 사랑할 수 있다고 기꺼이 다짐한 그 날처럼 페르세포네는 차가운 나를 따뜻하게 안아 주었다.

"아팠니?"

"응, 나 사실 너무 아팠어."

"더 견딜 순 없었니? 왜 이렇게까지 한 거니?"

나는 힘없는 입술로 페르세포네에게 대답한다.

나는 가는 사람이고, 그는 기다리는 사람이니까.

소설
신화 속으로

초판 1쇄 발행 2021년 3월 28일

지은이 서매
펴낸이 이기봉
편집 좋은땅 편집팀
펴낸곳 도서출판 좋은땅
주소 서울 마포구 성지길 25 보광빌딩 2층
전화 02)374-8616~7
팩스 02)374-8614
이메일 gworldbook@naver.com
홈페이지 www.g-world.co.kr

ISBN 979-11-6649-466-6 (03810)

- 가격은 뒤표지에 있습니다.

- 파본은 구입하신 서점에서 교환해 드립니다.